Kim Marc Alexander Weßeling

Der Drachenorden

Der Blutkaiser

Carpe Diem…

Es könnte helfen.

Kim Marc Alexander Weßeling

Der Drachenorden

Band 2

Der Blutkaiser

Zweites Buch der Nekron-Trilogie

Bibliografische Information Der Deutschen Bibliothek:
Die Deutsche Bibliothek verzeichnet diese Publikation in der
Deutschen Nationalbibliografie; detaillierte bibliografische Daten
sind im Internet über: <http://dnb.ddb.de> abrufbar.

Herstellung und Verlag: Books on Demand GmbH,
Norderstedt
Umschlagfoto: PixelQuelle.de
ISBN: 9783837047219

http://kmawesseling.2page.de

Kapitel 1

*A*uf der Brücke der Fregatte Hauptquartier steht

Admiral Hayden, bereits in seiner Rolle als Diplomat. Er trägt eine Uniform, die seiner Uniform als Imperator sehr ähnelt, schwarzer Anzug, Umhang und Stiefel, allerdings keine Rangabzeichen, nur das Diplomatenemblem von Capron. Seine Waffen, eine Laserpistole und seinen Magierstab, den er mit einem Miniaturisierungszauber belegt hat, hat er griffbereit am unteren Rücken unter seinem Umhang versteckt.

Er unterhält sich mit Admiral Gorn über die bevorstehende Mission.

„Nun, Admiral, wie steht es mit den Umbauten an der *Elfenklinge?*"

Der Angesprochene ist sehr optimistisch.

„Nun, Sir, in einer Stunde ist die *Elfenklinge* wie geplant bereit zum Abflug. Sie ist jetzt einige Tonnen schwerer und hat eine sehr plumpe Statur. Es könnte sich bei dem Schiff wirklich um einen bewaffneten Diplomatenkreuzer Handeln. Zumindest sollte es Ihnen helfen, den Planeten lebend zu erreichen. Ich wünsche Ihnen viel Glück, Sir."

„Danke, Admiral. Wir sehen uns dann hoffentlich in ein paar Tagen wieder."

Pargon will gerade gehen, als ein Funkspruch auf der Notfrequenz, die automatisch auf die Brückenlautsprecher geschaltet wird, durch den Raum hallt.

Es ist Goran, der Anführer der Kopfgeldjäger, der um Hilfe ruft.

„Achtung, Imperator Hayden, Hier spricht Goran. Mein Palast wird von Nekron-Streitkräften massiv angegriffen. Wir brauchen dringend Hilfe. Unser Hangar ist zerstört. Wir können keine Schiffe mehr zum Kampf einsetzen und auch nicht fliehen. Wir benötigen schnell Hilfe. Falls die Nekrons unser Haupttor knacken, können wir uns zwar in den Gängen unter dem Palast verstecken, ich weiß aber nicht, wie lange wir dort durchhalten können. Schickt schnell Verstärkung. Goran, Ende."

Hayden ist entsetzt. Aber er findet schnell seine Fassung wieder.

„Admiral Gorn!"

„Ja, Sir?"

„Welches Geschwader ist Guurdine am Nächsten?"

Der Admiral überlegt kurz.

6

„Das fünfte Geschwader, Sir. Unter dem Befehl von Colonel Kale. Es besteht zur Hälfte aus Zerstörern und zur Hälfte aus Kreuzern der Ecuso-Klasse."

Pargon nickt.

„Gut, informieren Sie Colonel Kale. Er soll sofort Guurdine anfliegen und die feindlichen Truppen vernichten. Wie lange dauert es bis zu seiner Ankunft?"

Gorn prüft kurz einen Monitor.

„Ungefähr zwei Tage, Sir. Wenn es keine Probleme gibt."

Pargon versteht.

„Gut, kümmern Sie sich darum, es hat Priorität. Ich muss jetzt zu meinem Einsatz. Halten Sie mich über die Zerhackerfrequenz auf dem Laufenden."

Admiral Hayden grüsst Gorn militärisch, der den Gruß erwidert, und verlässt die Brücke, um sich zum Hangar zu begeben.

Kapitel 2

*I*m Hauptdock der Fregatte Hauptquartier werden gerade die Arbeiten an der *Elfenklinge* beendet. Torwin, Leon Skywalker, Kaya Miran-Torwin, Gonron und Commander Raoul Menrette sind bereits eingetroffen. Sie warten auf die Beendigung der Arbeiten.

Als Pargon zu der kleinen Gruppe stößt, sieht Leon den Gesichtsausdruck des Admirals, der nichts Gutes verspricht. Auch die anderen sehen Pargon an, als sie Leons Blick bemerken. Kaya sieht Pargon besorgt an.

„Admiral Hayden, was ist los? Ist etwas passiert?"

Pargon schaut von oben auf sie herab, da er mindestens einen Kopf größer ist, und winkt ab.

„Nur ein paar Probleme. Die Truppen, die auf Guurdine versucht haben, uns umzubringen, sind nicht abgezogen, sondern in die Wüste marschiert und haben jetzt den Palast des Führers der Kopfgeldjägergilde angegriffen. Goran hat jetzt Verstärkung angefordert. Dabei fehlen uns überall Truppen. Aber ich habe dennoch Einheiten dorthin geschickt. Es wird sich darum gekümmert. Aber wir sollten uns jetzt um unsere Mission sorgen."

Einem der Cheftechniker ruft er noch etwas zu.

„Corporal, wie lange dauert das denn noch?"

Der Techniker, der oben auf der *Elfenklinge* steht, dreht sich zum Admiral um.

„Wir sind gerade fertig geworden, Sir. Sie können loslegen."

Grinsend klettert er von der *Elfenklinge* herunter und winkt der Gruppe beim Weggehen zu. Die anderen Techniker packen ihre Werkzeuge ein und fahren die Gerüste zur Seite. Als die Rampe wieder frei ist, klettern die Gefährten hinein. Im Passagierabteil, einem großen runden Raum in der Mitte des Schiffes, sammeln sie sich zur letzten Lagebesprechung.

Pargon beginnt auch sofort.

„Da wir nun so eng zusammenarbeiten, möchte ich Sie um etwas bitten. Ich möchte, dass wir uns alle mit Vornamen anreden. Mein Name ist Pargon, vergessen Sie den Admiral. Wir werden uns lange auf die Nerven gehen von nun an. Ich hoffe, Sie sind alle damit einverstanden."

Er blickt in die Runde. Alle nicken bejahend. Torwin meldet sich zu Wort.

„Okay, dann haben wir ja alles geklärt. Wollen wir das Baby also mal in die Luft bringen."

In diesem Augenblick stürzt TDE gefolgt von Gimmick die Rampe hinauf. Torwin wird schon wieder wütend auf den Droiden.

„Du verdammter Blecheimer. Wo kommst Du denn schon wieder so spät her?"

TDE will gerade antworten, da fährt ihn Torwin schon wieder an.

„Sags mir lieber nicht. Ich will es gar nicht wissen. Aber geh mir bloß aus dem Weg, oder ich schließe Dich kurz."

TDE schaut Torwin ganz perplex nach während dieser zum Cockpit geht, jedenfalls so perplex, wie es einem Androiden möglich ist. Gonron folgt Torwin ins Cockpit, ebenso Raoul, der den Platz an den Überwachungsinstrumenten einnehmen wird. Die anderen verstauen ihre Waffen im Passagierabteil und machen es sich bequem.

Dann jaulen auch schon die Triebwerke der *Elfenklinge* auf, als Torwin die Triebwerke testet. Die Aggregate laufen ganz ohne Probleme. Torwin ist gegeistert. Anscheinend kehrt sein Schiff doch zur alten Leistung zurück. Gonron knurrt freudig, denn das Schiff hat ihnen in den letzten zwanzig Jahren immer gute Dienste geleistet.

Nun hebt sich das Schiff langsam vom Deck des großen Allianzkreuzers. Die Klinge schiebt sich unter der Kontrolle ihres Captains langsam dem Schutzfeld des Docks entgegen, um den Hangar der Fregatte Hauptquartier zu verlassen.

Der plumpe Klotz, der die Klinge in ihrer Tarnung nun ist, fliegt mit gedrosselten Triebwerken aus dem Hangar des Kreuzers.

Kaum befindet sich das Schiff im freien Raum, schaltet Torwin die Triebwerke auf volle Leistung, und das Schiff rast in die samtene, silbergesprenkelte Schwärze des Alls.

Während Torwin die Steuereigenschaften des Schiffes testet, berechnet Commander Menrette, der ehemalige Chef der Palastgarde des Imperators, die Koordinaten für den Sprung in den Hyperraum. Als er die Berechnungen beendet hat, informiert er die Passagiere über die Bordsprechanlage.

„Achtung, alles anschnallen! Wir machen jetzt den Sprung in den Hyperraum."

Torwin legt seine Hand auf den Aktivatorschalter und flüstert zu sich selbst.

„Na dann mal los. Hoffentlich fliegt uns die Kiste nicht um die Ohren."

TDE, dessen empfindliche Sensoren auch dies Flüstern aufgeschnappt haben, fährt vor Schreck hoch. Doch in diesem Moment aktiviert Torwin den Hyperantrieb.

TDE erwartet eine Explosion, aber nichts geschieht, außer dass die Sterne vor dem Fenster erst zu rasenden Punkten, dann zu Streifen und schließlich zu einem leuchtend blauen Tunnel aus Licht werden, in den die *Elfenklinge* hineinrast, neuen Aufgaben entgegen.

Kapitel 3

*A*uf Guurdine werden die Angriffe der Nekron-Truppen immer heftiger. Die Kopfgeldjäger haben das Tor zwar jetzt von Innen mit Stahlplatten verstärkt, aber General Lend setzt immer stärkere Sprengstoffe ein. Es ist nur noch eine Frage von kurzer Zeit, bis das Tor unter dem feindlichen Beschuss zusammenbricht.

Goran lässt momentan von seinen Wächtern sämtliche Nahrungsmittel und andere Vorräte in die hintersten Winkel der Katakomben bringen. Dort werden er und seine Leute einem Angriff länger standhalten können. Hoffentlich so lange, bis Hilfe von der Allianz eintrifft.

Als alle Vorräte in die Katakomben unter dem Palast geschafft worden sind, gibt Goran seinen Männern den Befehl, ebenfalls in den Gängen und Höhlen zu verschwinden. Sie sollen dort den Nekron-Soldaten auflauern und sie aus dem Hinterhalt angreifen, falls diese sich in die Katakomben wagen sollten.

Dort haben die Kopfgeldjäger, die den Kampf in dunklen Winkeln gewohnt sind, einen großen Vorteil vor den Streitkräften Lord Cyclons. Außerdem können diese ihre zahlenmäßige Überlegenheit dort weniger stark ausspielen.

Die Kopfgeldjäger verschwinden jetzt nach und nach in den Eingängen zur Unterwelt. Auch die Droiden, die trotz ihres teilweise armseligen Zustandes noch einen beachtlichen Wert haben, schaffen sie als Letztes noch in die Höhlen.

Als auch der letzte Kopfgeldjäger in den Gewölben verschwunden ist, herrscht Totenstille im Palast. Nur das Dröhnen der Explosionen vor dem Tor ist noch zu hören.

Kapitel 4

Draußen vor dem Tor steht General Lend kurz vor der Verzweiflung. Er ist mit seinem Stab bis an das Tor vorgerückt und beobachtet die Fortschritte.

Das Tor hält trotz eines massiven Beschusses entgegen allen Erwartungen stand. Entkommen ist zwar keiner der Kopfgeldjäger, aber man kann sie auch nicht töten, wenn man nicht an sie herankommen kann.

General Lend hat jetzt das Äußerste befohlen. Seine Leute benutzen ihren gesamten Vorrat an C-47 auf einmal. Das sind nahezu fünfzig Kilo des stärksten Sprengstoffes, der von Bodentruppen eingesetzt wird.

Colonel Nolen hat allerdings gewisse Befürchtungen. Diese teilt er seinem Vorgesetzten auch umgehend mit.

„Sir, ich halte es für viel zu gefährlich, so viel von diesem äußerst instabilen Sprengstoff einzusetzen. Unsere Truppen könnten selbst zu Schaden kommen, wenn wir zünden. Wir sollten…"

Bevor er aussprechen kann, wird er von General Lend, der drohend mit dem Zeigefinger auf den Colonel zeigt, unterbrochen.

„Nolen, wollen Sie mir vorschreiben, was ich zu befehlen habe?"

Leicht eingeschüchtert antwortet der Untergebene.

„Nein, Sir. Aber ich dachte…"

„Denken Sie nicht. Tun Sie, was ich sage. Und jetzt kein Wort mehr."

General Lend dreht sich zum Tor um und betrachtet die Arbeit seiner Truppen. Der Sprengstoff ist in der Mitte des Tores angebracht, um ein Loch hineinzusprengen, damit die imperialen Truppen durchbrechen können.

Das Sprengkommando bringt gerade noch die elektronischen Fernzünder an. Als sie ihre Arbeit beendet haben, ziehen sich alle Einheiten vom Tor zurück. Sie nehmen einige hundert Meter Sicherheitsabstand. Captain Termat, der Leiter des Sprengkommandos, überreicht General Lend die Fernsteuerung für die Sprengung des Palasttores.

Der General wiegt das Instrument seiner Macht in der Hand und wirft einen letzten Blick auf die Barriere, die Ihnen bisher so hartnäckig standgehalten hat. Dann gleitet seine Hand immer weiter auf das Gerät in seiner anderen Hand zu. Sein Finger schwebt einige Sekunden über dem Auslöser, dann drückt er den Knopf ein.

Eine Millisekunde später schützen alle Soldaten ihre Augen mit den Händen vor dem grellen Blitz der Explosion. Der Bereich vor dem Tor ist kurz darauf ein einziges Durcheinander.

Die gewaltige Explosion hat sogar die Dünen, die dem Palast am nächsten waren, einfach weggefegt.

Der Palast hüllt sich in eine dichte Staubwolke. Die Druckwelle schießt über die Nekron-Truppen hinweg und überschüttet sie mit einer Staublawine.

Der Drachengolem, der dem Palast am nächsten steht, wird durch die Druckwelle erfasst und umgeworfen. Kaum hat er den Boden berührt, explodiert er auch schon in einem Feuerball. Auch einige Gleiter, die ja einem Meter über dem Boden schweben, werden trotz des Sicherheitsabstands noch von Ausläufern der Druckwelle erwischt und zerstört. Außer den beiden Piloten des Drachengolems gibt es keine Verluste an Personal auf Seiten des Imperiums.

Als die Druckwelle sich endlich aufgelöst, und Sand und Staub sich gelegt haben, erheben sich die Nekron-Bodentruppen und die Offiziere aus dem Sand der Wüste.

Alle Blicke richten sich auf das Palasttor. Das C-47 hat ganze Arbeit geleistet. Das gesamte Tor ist aus dem Rahmen und in Stücke gesprengt worden. Der mehr als großen Ladung dieses Sprengstoffes war also auch dieses extrem widerstandsfähige Tor nicht gewachsen.

Plötzlich ertönt General Lends Stimme in den Komlinks aller seiner Soldaten.

„Angriff! Für das Nekron-Imperium und den Kaiser!"

Auf diesen Befehl hin stürzen mehrere hundert Soldaten auf das Tor los.

Kapitel 5

*D*ie *Elfenklinge* schießt durch den Hyperraum dahin.

General Torwin sitzt in seinem Pilotensessel und döst. Raoul Menrett unterhält sich im Cockpit mit Gonron, während Leon, Kaya und Pargon im Passagierabteil sitzen und Geschichten austauschen.

Es sind Geschichten aus der Zeit, als der alte Imperator noch herrschte, vor der Zeit der Republik.

Leon und Kaya erzählen Pargon, wie sie San Marenda kennen gelernt und danach im Widerstand gegen die dunklen Schergen des alten Imperators gekämpft hatten.

Die Geschichten über San Marenda interessieren Pargon natürlich sehr, da er nach der kurzen Zeit nicht wirklich viel über seine wahre Mutter lernen konnte und jetzt von seinen Kameraden erstaunliche Geschichten über sie zu hören bekommt.

Pargon selbst steuert Geschichten aus dem imperialen Palast bei, wie es in seiner Kindheit dort zuging. Besonders genaue Beschreibungen des alten Imperators interessieren die ehemaligen Revolutionäre brennend, weil früher so gut wie nie etwas über den geheimnisvollen und grausamen Imperator zu erfahren war. Erst nach seinem Sturz kamen einige wenige Details ans Licht. Nur über seine Grausamkeiten gab es viele Berichte.

Doch die Gespräche wenden sich schließlich auch vergnüglicheren Themen zu.

Als Prinzessin Kaya von diplomatischen Verhandlungen mit den Feenwesen von Bromin erzählt, die die Angewohnheit haben, sich während Gesprächen mit Menschen auf deren Köpfe zu setzen und sich nie lange konzentrieren können und stattdessen andauernd anfangen, Unfug zu machen, brechen die Kameraden von den sehr bildhaften Erzählungen in schallendes Gelächter aus. Die Gesichter der Mitglieder der diplomatischen Delegation zu dieser Zeit hätte Pargon mehr als gern live gesehen.

Doch dann ruft Torwin aus dem Cockpit, endlich wieder aufgewacht.

„Dem fröhlichen Gelächter nach zu schließen, habt ihr ja wirklich geistreiche Gesprächsthemen gefunden. Aber macht Euch mal lieber bereit. Wir verlassen jetzt den Hypperraum."

Kaum hat der General ausgesprochen, da verändern sich schon die Triebwerksgeräusche der *Elfenklinge*.

Der Sternentunnel vor dem Cockpitfenster verwandelt sich wieder in Streifen, dann in rasende Punkte und schließlich in sich langsam bewegende Sterne. Vor dem Schiff kommt anscheinend ein Planet angerast.

Aber als das Schiff endgültig wieder zur Unterlichgeschwindigkeit übergegangen ist, ist auch die Annäherungsgeschwindigkeit an den Planeten drastisch gesunken.

Als sie in Sensorreichweite sind, ruft Torwin die Raumkontrolle der Garnison in der Hauptstadt des Planeten Kapinmag.

Kapitel 6

*D*ie Truppen des Nekron-Imperiums auf Guurdine haben jetzt den Palasteingang gestürmt. Nachdem sie aber wenige Schritte in den Palast eingedrungen sind, lässt der führende Offizier, ein Captain, den Angriff unterbrechen.

Die hundert Soldaten, die den Palast betreten haben, sehen sich misstrauisch um. Nirgendwo ist auch nur eine Seele zu sehen.

Der Palast wirkt wie ausgestorben. Nicht einmal eine einzige Wache, oder auch nur ein Droide oder ein Tier sind zu sehen.

Der Captain greift zum Kommunikator, um General Lend zu informieren. Diese Situation ist zu unheimlich, um allein Entscheidungen über den weiteren Verlauf des Angriffs zu fällen.

„Hier Captain Chesterfield. General Lend, bitte kommen. Wir haben hier ein ungewöhnliches Problem."

Aus dem Kommunikator kommt General Lends Stimme. Der General scheint nicht erfreut zu sein, mit noch mehr Problemen konfrontiert zu werden.

„Hier Lend. Was gibt es denn schon wieder? Das Tor ist doch gesprengt, der Weg muss frei sein für Ihren Angriff."

Captain Chesterfield antwortet mit einem leicht mulmigen Gefühl.

„Ja, Sir. Das Tor ist gesprengt. Aber hier ist kein einziger Kopfgeldjäger zu finden. Wir scheinen einen verlassenen Palast angegriffen zu haben."

General Lend schreit wütend in das Mikrofon seines Kommunikators.

„Verdammt noch mal. Das gibt es doch gar nicht. Lassen Sie die Verstärkungen in den Palast eindringen und ihn untersuchen. Suchen Sie alles nach geheimen Tunneln oder unterirdischen Gewölben ab. Und beeilen Sie sich. Ich will hier nicht das ganze Jahr verbringen. Wir treffen uns in einer Stunde im Thronsaal. Dort erwarte ich eine Erfolgsmeldung."

Der General schaltet seinen Kommunikator ab, noch bevor Captain Chesterfield auch nur irgendetwas hinzufügen kann. Auch der Captain schaltet dann ab.

Er dringt mit seinen Leuten weiter in die Eingangshalle vor, während immer mehr Soldaten folgen.

General Lend winkt draußen seinen Stab und seine Wache zu sich, während er die Düne besteigt, hinüber läuft und an der anderen Seite wieder hinunterklettert. Mit seinen Offizieren bahnt er sich einen Weg durch die Soldaten, die salutierend zur Seite treten.

In der Halle hinter dem weg gesprengten Tor bleibt er stehen und sieht sich um.

Die Truppen, die in den Palast eindringen und hinter den anderen hundert Soldaten nachrücken, die schon im Palast sind, machen einen Bogen um die Gruppe von Offizieren, die in der Mitte der Halle stehen.

General Lend gibt seinen Offizieren Befehle für die Durchsuchung des Palastes.

„Jeder von Ihnen nimmt sich mindestens zwanzig Männer. Sie durchforsten alle Gänge und Gewölbe, die Sie finden. Sollten Sie auf irgendwelchen Widerstand stoßen, melden Sie sich sofort über Kom und rufen Verstärkung, egal auf wie wenige Gegner Sie zu treffen glauben. Sollten Sie nichts finden, melden Sie trotzdem stündlich Ihren Status in der Gefechtszentrale, die in einem der Truppentransporter installiert ist. Colonel Nolen, Sie übernehmen auch eine Gruppe. Untersuchen Sie die oberen Stockwerke des Palastes. Commander Baker, Sie begleiten mich. Und nun Abmarsch. Finden Sie diese Kopfgeldjäger. Ich will diesen Hinterwäldlerplaneten umgehend wieder verlassen."

Die Offiziere gehen auseinander. Jeder von ihnen sammelt eine Anzahl von Soldaten um sich und führt sie in einen der vielen Gänge, die von der Haupthalle am Palasteingang wegführen.

Kapitel 7

*I*n der *Elfenklinge* nimmt Torwin Kontakt mit der Kontrolle von Kapinmag-City auf.

„Achtung, hier spricht das capronische Diplomatenschiff *Sablon*. An Bord befindet sich Botschafter Selkirk, ein Diplomat des Planeten Capron. Er möchte sich das Leben auf Kapinmag anschauen und später mit dem obersten Vertreter des Imperiums auf dem Planeten Verhandlungen führen."

Der Controller vom Planeten antwortet sofort.

„Hier spricht die Kapinmag-Kontrolle. Warten Sie auf Position, bis Sie Landeerlaubnis erhalten. Hier herrscht Alarmzustand. Ich muss zuerst die Erlaubnis vom Garnisonskommandanten einholen."

Für einige Minuten herrscht Schweigen im Äther. Torwin sieht Raoul Menrette an.

„Hoffentlich schluckt der Kommandant das. Wenn wir nicht einmal den Planeten betreten können, dann ist die Sache gelaufen."

Raoul zuckt nur mit den Schultern. Da meldet sich der Controller von Kapinmag wieder.

„Achtung, *Sablon*, hören Sie. Sie haben Landeerlaubnis in Kapinmag-City, auf Rampe 58. Gouverneur Borden wird sich glücklich schätzen, Sie in den nächsten Tagen einmal begrüßen zu dürfen. Kapinmag-Kontrolle, Ende."

Torwin atmet auf.

„Na, dann nichts wie hin."

Die *Elfenklinge* nimmt wieder Fahrt auf und setzt sich in Richtung des Planeten in Bewegung.

Aus dem schwarzen Samt des Weltraums dringt die *Elfenklinge*, als Diplomatenschiff getarnt, in den rötlichen Morgenhimmel von Kapinmag ein. Das Schiff gleitet über die Stadt herein und bleibt schwebend über der Landerampe 58 stehen. Langsam senkt sich das Diplomatenschiff auf den Boden hinab.

Als die *Elfenklinge* fest auf dem Boden steht, schaltet Torwin die Triebwerke aus.

Die Freunde machen sich bereit, das Schiff zu verlassen.

Pargon greift seinen Diplomatenkoffer, in dem er noch mehr Waffen, aber auch mehrere Dokumente von Capron – gestohlenen natürlich – aufbewahrt.

Vor dem Schiff rückt eine Abteilung von Soldaten an, von einem Commander geführt, und stellt sich in Ehrenposition an der Rampe entlang auf.

Der Commander stellt sich direkt vor die Rampe.

Torwin greift instinktiv zur Waffe, aber Pargon hält seine Hand fest.

„Torwin, die sind nur gekommen, um uns zu begrüßen. Fahr die Rampe herunter und steck Deine Waffe weg. Mach keinen Unsinn. Sonst ist alles gelaufen.

Er blickt Torwin ernst an. Dann steckt der General seine Waffe weg und betätigt den Öffnungsmechanismus der Rampe. Langsam senkt sich diese. Pargon und Kaya gehen nebeneinander, gefolgt von den Droiden und den „Wächtern", die Rampe hinunter.

Der Commander salutiert, als die Freunde das Ende der Rampe erreicht haben.

„Herzlich Willkommen, Botschafter Selkirk. Ich darf Sie im Namen von Gouverneur Borden, der sich zurzeit auf dem Planeten befindet, heute begrüßen. Er bittet Sie, ihn morgen im Garnisonshauptquartier zu besuchen:"

Pargon lächelt.

Aber natürlich, Commander. Richten Sie dem Gouverneur meinen Dank aus."

Der Commander nickt und deutet auf Kaya und den Rest der Reisegruppe.

„Darf ich fragen, wer Ihre Begleiter sind, Sir?"

„Das ist meine Assistentin, Counsellor Gjou. Die Herren hinter ihr sind unsere Leibwache. Und das", er deutet auf die Droiden, „sind meine künstlich intelligenten Assistenzeinheiten. Aber nun möchte ich gern die Stadt besichtigen und Kontakte mit der Bevölkerung knüpfen. Entschuldigen Sie uns bitte."

Der Commander nickt verstehend.

„Natürlich, Herr Botschafter."

Er geht den Freunden aus dem Weg.

Die Delegation verlässt, nachdem Torwin die Rampe der *Elfenklinge* geschlossen hat, das Raumhafengelände.

Das Begrüßungskommitee verlässt das Schiff in einer anderen Richtung.

Die Freunde dringen ins Stadtzentrum ein und suchen nach Spelunken und Kneipen, wo sie ein Paar Kopfgeldjäger, die sich nicht in Ihrem Palast befinden, auftreiben können.

Nachdem sie sich vergewissert haben, nicht von imperialen Agenten verfolgt zu werden, biegen sie in eine dunkle Gasse ein, die Waffen griffbereit. Denn in solchen Stadtvierteln wie diesem, wird nahezu jeder überfallen, der so größenwahnsinnig ist, sich dorthin zu wagen. Aber die Freunde haben Glück.

Sie erreichen die nächste Spelunke, ohne angegriffen zu werden. Anscheinend hält die Anwesenheit eines riesigen Monsters wie Gonron alle Wegelagerer ab.

Sie betreten die heruntergekommene Kneipe, deren Eingang zwar düster, deren Inneres aber hell erleuchtet ist. In ihr tummeln sich Bewohner aller bekannten Sternensysteme. Elfen, Zwerge, Hobbits, Gworks, Olsonen, Rebulos und viele andere Lebewesen mit unaussprechlichen Namen. Die kleine Rebellengruppe setzt sich zu einem Gwork an den Tisch.

Die Droiden müssen draußen warten, da in keiner Kneipe Droiden gestattet sind, wie man es in der gesamten Galaxis erleben kann.

Der Gwork ist ein Kopfgeldjäger, der zu Goran, dem Anführer der Kopfgeldjäger, eng in Verbindung steht und daher weiß, dass Goran mit Pargon verbündet ist.

Der Gwork, sein Name ist Hogob, sieht sich nach allen Seiten um und sieht Pargon dann fest an.

„Nun, Imperator, Goran hat mir gesagt, dass ich und meine Männer Ihnen immer helfen sollen, wenn Sie uns brauchen. Als, was kann ich für Sie tun?"

Pargon ist erfreut, dass Goran ihn trotz seiner schlechten Lage nicht im Stich gelassen hat.

„Nun, wir haben in einigen Tagen einen Angriff auf die Garnison geplant und wollen Gouverneur Borden entführen. Wir brauchen Sie, damit Sie mit Ihren Leuten ein Ablenkungsmanöver durchführen."

Hogob prustet abwertend.

„Ein Angriff auf die Garnison ist Wahnsinn. Sie werden nicht weit kommen. Vergessen Sie es lieber."

Pargon blickt ihn strafend an.

„Zerbrechen Sie sich nicht meinen Kopf über die Effizienz eines Angriffs. Lassen Sie das meine Sorge sein. Das regeln wir schon. Kümmern Sie sich nur um die Ablenkung. Okay?"

Hogob antwortet untertänig.

„Natürlich, Majestät. Meine Leute und ich werden auf Abruf bereitstehen. Ich muss jetzt gehen, sonst sieht uns doch noch jemand zusammen. Sie erreichen mich auf Gorans Frequenz, um mir den Angriffsbefehl zu geben."

Hogob steht auf und geht zum Eingang. Dann verlässt er die Spelunke.

Torwin ist sehr gut aufgelegt.

„Das wäre schon mal geklärt. Wollt Ihr auch was trinken?"

Alle nicken.

„Gut."

Torwin geht zur Theke. Kurze Zeit darauf kommt er, mit Getränken beladen, zurück. Er verteilt die Aluminiumbecher und fängt an zu erzählen.

„Also damals auf dem Drachenhort hatten wir weniger Hilfe. Dann werden wir das hier auch noch schaffen."

Pargon mahnt Torwin.

„Torwin, Du solltest nicht über irgendwelche bekannten Allianzaktionen reden. Die Wände hier haben sicher mehr Ohren als ein Troglyte. Wir sollten lieber über andere Dinge sprechen. Zum Beispiel über diese Stadt und besonders dieses Viertel hier. Ich möchte wissen, was das Imperium an diesem Planeten findet. Ich habe bis jetzt kaum etwas herunter Gekommeneres gesehen. Ihr vielleicht?"

Torwin will gerade zu einem Spruch ansetzen.

„Na ja, ich schon. Damals auf…"

Aber da kommt eine der Kreaturen, die in der Spelunke herumhängen, auf sie zu.

„Hey, was höre ich da?"

Er zeigt mit seiner riesigen Krallenpranke auf Pargon.

„Du lästerst hier über diese schöne Gegend? Ich glaube, ich sollte Dir eine Lektion erteilen."

Das Ungeheuer zückt seine Pistole und ruft seine Kameraden.

„Hey, kommt alle mal her. Hier macht Euch einer schlecht, der ein paar warme Strahlen kosten will."

Kaum hat er ausgesprochen, da kommen auch schon von allen Seiten mehrere dieser ungeheuerlichen Kreaturen, die überall in der Bar sitzen, mit gezückten Waffen auf die Rebellen zu.

Torwin springt sofort auf und zieht seine Waffe. Ebenso Raoul. Doch die Anderen erheben sich gemächlich. Leon zückt zwar seine Waffe, aber lange nicht so hektisch wie Torwin. Kaya greift heimlich in ihr Kleid und tastet nach ihrer kleinen Blasterwaffe, die sie an ihrem Bein befestigt hat. Dann stehen auch sie und Pargon auf.

Dieser hebt die Hände und redet beschwichtigend auf die Menge ein.

„Bleibt ruhig. Was ich gesagt habe, hat nichts mit Euch zu tun. Verschwindet, dann wird keinem von Euch etwas passieren."

Doch anstatt zu weichen, rückt die Menge immer näher.

Jetzt greift auch Pargon unter seinen Umhang und nimmt seine Waffe, die auf seinen Rücken befestigt ist, direkt neben seinem Magierstab.

Die Menge wird immer wütender und rückt noch näher.

Plötzlich kippen Torwin und Gonron die beiden Tische, an denen sie saßen, zur Seite, sodass die Tischplatten zur aufgeregten Menge zeigen und als Schutz für die Freunde dienen. Kaum haben sich die Freunde auf den Boden geworfen, da greifen die Ungeheuer auch schon an.

Die gesamte Spelunke ist ein einziges Gewirr von Laserstrahlen. Man kann es nicht wagen, den Kopf zu heben, ohne getötet zu werden. Immer mehr Ungeheure fallen dem Spinnennetz der Laserstrahlen zum Opfer.

Dennoch rücken sie immer weiter gegen die Stellung der Rebellen vor.

Von draußen kommen auch immer mehr dieser Kreaturen, die gegen die Menschen, die Ihre Ehre verletzt haben, kämpfen wollen. Lange können die Freunde die Stellung nicht mehr halten, da die Ungeheure sie fast überrollen, trotz der vielen Verluste.

Den Freunden bleibt keine Zeit für Feuerpausen. Über den Kampflärm ruft Torwin zu Leon.

„Wir können uns hier nicht mehr lange halten. Wir müssen ausbrechen und uns zum Ausgang durchschlagen."

Leon ruft zurück.

„Ihr macht gar nichts. Pargon und ich brauchen nur ein paar Minuten, dann brechen wir aus und räumen hier auf. Mit unseren Magierstäben können wir Laserstrahlen abwehren und auch Banne schleudern. Gleichzeitig können wir mit der anderen Hand Weiterschießen. Ihr gebt uns beiden Feuerschutz. Haltet Euch bereit."

Leon nickt Pargon zu, während er seinen Stab vom Gürtel nimmt und den Wiedervergrößerungszauber murmelt.

Auch Pargon nimmt seinen Stab vom Rücken und versetzt ihn in den Ursprungszustand. Sie blicken sich an. Leon zählt bis zur Attacke.

„Drei, zwei, eins, los."

Sie heben gleichzeitig ihre Magierstäbe und springen auf. Sie wehren Laserstrahlen, die auf sie abgeschossen werden, ab und springen über den Tisch, der sie schützte, während Torwin, Gonron, Kaya und Raoul ihnen Feuerschutz geben.

Unter den Angreifern bricht wütendes Geschrei los. Sie konzentrieren ihr Feuer auf Leon und Pargon, die Probleme haben, die zunehmende Anzahl der Strahlen abzuwehren. Immer mehr von den Kreaturen springen hinter umgestürzten Tischen hervor, um Leon und Pargon niederzumetzeln.

Doch die meisten von ihnen erliegen dem Feuer der vier anderen Freunde.

Diejenigen, die näher an Leon und Pargon herankommen können, werden von beiden mit Bannsprüchen oder Blastern niedergestreckt.

Doch nach kurzer Zeit müssen die beiden Krieger hinter den nächsten Tisch springen. Dort bleiben sie erschöpft und keuchend wenige Sekunden sitzen. Dann feuern sie wieder auf die, immer noch anrückenden, Feinde.

Plötzlich hört man auch Kampfgeräusche vor der Tür. Von draußen her fliegen einige Leichen von Ungeheuern in die Kneipe. Viele der Kreaturen, die sich in der Nähe des Eingangs verschanzt haben, stehen erschrocken auf und sterben durch die Laserstrahlen, die von draußen herein geschossen werden.

Dann tauchen im Eingang, zur Verwunderung der Rebellen, imperiale Stoßtruppen auf und feuern auf die angreifenden Kreaturen. Als die Ungeheuer merken, dass sie von zwei Seiten in die Zange genommen werden, geraten sie in Panik und versuchen auszubrechen. Aber sie werden gnadenlos von den Waffen der Truppen des Nekron-Imperiums und der Rebellen nieder geschossen.

Nachdem alles vorbei ist, und alle Angreifer ausgeschaltet sind, ist die Spelunke ein einziges Chaos. Die gesamte Einrichtung ist zerstört.

Die imperialen Truppen steigen über die Leichen der Ungeheuer hinweg und kontrollieren, ob sich noch jemand regt.

Einer von ihnen, mit den Abzeichen eines Commanders an der Rüstung und Am Totenkopfhelm, geht auf Pargon zu, der sich gerade hinter dem umgefallenen Tisch erhebt, nachdem er und Leon ihr Magierstäbe verkleinert und versteckt haben. Der Commander wendet sich an Pargon.

„Herr Botschafter, ich bin Commander Umnak. Ich hoffe, Ihnen und Ihren Mitarbeitern ist nichts geschehen."

Pargon schaut den Commander verwundert an.

Ich glaube, alle sind in Ordnung. Aber etwas Anderes: Wie haben Sie von dieser kleinen Schlacht erfahren? Sie patrouillieren doch nicht in solchen Gassen, oder?"

Der Commander schüttelt den Kopf.

„Nein, Sir. Wir patrouillieren hier nicht. Wir haben unsere Wachstation im nächsten Viertel, um die zivilisierteren Bewohner zu schützen. Und dorthin kam vorhin Ihr Droide. Er hat uns erzählt, dass Sie hier von Kriminellen angegriffen werden. Und da Sie, wie er sagte, morgen vom Gouverneur erwartet werden, hätte es mich meinen Kopf gekostet, wenn ich Ihnen nicht geholfen hätte."

Pargon lächelt ihn an.

„Auf jeden Fall vielen Dank, Commander. Ich habe Ihre Hilfe auch gebraucht."

Die Anderen treten jetzt auch zu Pargon. Kaya wendet sich auch direkt an ihn.

„Sir, wir sollten jetzt gehen. Gleich wird es ganz dunkel, und dann ist diese Gegend noch gefährlicher."

Commander Umnak kann dem nur zustimmen.

„Ihre Begleiterin hat Recht, Herr Botschafter. Wir werden hier aufräumen. Aber ich gebe Ihnen vier Männer mit, die Sie zu Ihrem Hotel begleiten."

Die Rebellen verabschieden sich von dem Commander und gehen zum Ausgang. Vier Soldaten des Sturmtrupps folgen ihnen, nachdem sie Befehle von Commander Umnak erhalten haben.

Sie verlassen die Spelunke. Dann nimmt die Gruppe Kurs auf das Stadtzentrum.

Die Freunde haben noch während des Ausflugs Zimmer im besten Hotel der Stadt gebucht, wie es sich für Diplomaten gehört. Sie begegnen zwar noch häufiger ziemlich finsteren Gestalten, werden aber nicht belästigt.

Erstens wegen der Militäreskorte und zweitens, weil sie ihre Waffen demonstrativ in der Hand tragen.

Beim Hotel angekommen verabschieden sie sich von den Wachen und gehen die Stufen zum Eingang hinauf.

Kapitel 8

*A*uf Guurdine suchen die Truppen des Nekron -

Imperiums immer noch erfolglos den Palast ab. General Lend und Captain Chesterfield befinden sich im Thronsaal. Ihre Soldaten durchsuchen jeden Winkel des Saals. Doch auch hier ist niemand zu finden. Aber eines haben sie herausgefunden.

Die Kopfgeldjäger müssen diesen Saal fluchtartig verlassen haben. Überall liegen noch die Überreste eines Fests verstreut herum.

Doch nach erfolgloser Suche versammeln sich alle Suchtrupps in de Mitte des Thronsaals. Captain Chesterfield und General Lend diskutieren heftig.

„General, wir sollten hier abziehen. Hier gibt es keine Kopfgeldjäger mehr. Sie müssen schon vor unserem Angriff geflohen sein."

General Lend reagiert daraufhin wütend.

„Nein, Captain. Wir ziehen nicht ab. Ich bin hundertprozentig sicher, dass die Kopfgeldjäger sich hier noch irgendwo verstecken. Suchen Sie weiter. Ich will diese Kerle haben. Gehen Sie jetzt. Und kommen Sie mir nicht ohne Erfolgsmeldung zurück."

Captain Chesterfield salutiert und verlässt mit seinen Männern den Saal. Draußen wendet er sich an seinen Lieutenant.

„Also, der Alte hat ´nen Knall. Der ist ja schon fast paranoid."

Kopfschüttelnd geht er weiter.

General Lend sieht ihm nach. Aus der Vorhalle betritt Colonel Nolen den Saal und geht auf den General zu. Plötzlich hören sie ein schrilles Pfeifen. Unter General Lend öffnet sich ohne Vorwarnung der Boden. Er fällt die Falltür hinab und rutscht dann in eine Grube hinunter, die unter dem Thronsaal liegt. Durch ein Chronos-Glas im Boden kann der Colonel ihn sehen.

Dort wohnten anscheinend vor einiger Zeit Zombies. Goran schien einen sehr bizarren Geschmack bezüglich seiner Haustiere gehabt zu haben. Nun waren dort aber außer abgenagten Knochen und Kleidungsfetzen und abgefallener Zombie-Gliedmaßen keine Wesen mehr zu sehen.

Doch plötzlich öffnet sich ein großes Tor in der ehemaligen Zombiehöhle.

Der General weicht bis zur entgegen gesetzten Wand der Höhle zurück. Aus der Nachbarhöhle kommen drei zweiköpfige Riesensandwürmer mit gigantischen Zahnkränzen in Ihren Mäulern. Die Würmer sind fünf Meter lang und werden Angorsos genannt. Ihre bevorzugte Nahrung sind Humanoide, ganz besonders Menschen.

General Lend greift sofort zu seiner Waffe und feuert auf die Angorsos. Doch die Laserstrahlen des Handblasters prallen einfach an den Panzern der riesigen Würmer ab.

Entsetzt blicken Colonel Nolen und einige Soldaten durch das Beobachtungsglas nach unten. Aber auch nachdem sie das Glas durchbrochen haben, prallen ihre Strahlen ebenfalls von den gepanzerten Würmern ab. Sie werden von den gepanzerten Würmern nicht einmal zur Kenntnis genommen.

Unfähig etwas zu tun, müssen sie mit ansehen, wie die Würmer immer weiter auf den General zu kriechen, der vor Todesangst jetzt mit seiner Waffe auf die Angorsos einschlägt. Doch auch das hilft ihm nicht.

Colonel Nolen und die Soldaten wenden sich ab. Als die Würmer den imperialen Offizier zerreißen und auffressen.

Nachdem Colonel Nolen sich von dem Schock erholt hat, ruft er einen Sergeant zu sich.

„Sergeant, informieren Sie die Offiziere über das, was gerade geschehen ist. Die Falle wurde von irgendwem ausgelöst. Es muss hier irgendwo Geheimgänge geben. Die Leute sollen noch intensiver suchen. Ich will dieses Pack haben, die das getan haben."

Der Sergeant, der auch noch nicht alles verkraftet hat, salutiert und geht zu einer mobilen Funkstation, um einen Rundspruch herauszugeben.

Auch Colonel Nolen verlässt den Thronsaal, gefolgt von den Soldaten. Er geht durch einige Gänge, bis er wieder in der Vorhalle ist, durch die nun der Nachtwind pfeift, da das Tor ja weggesprengt worden ist. Die Nächte auf Guurdine sind ebenso kalt, wie die Tage heiß sind.

Die Soldaten, die vor dem Tor Wache stehen, salutieren. Colonel Nolen tritt hinaus in die Wüste und betrachtet den klaren Sternenhimmel. Dort kann man einen hellen Fleck sehen, das letzte Nekron-Schlachtschiff, das beim Planeten geblieben ist, um die Bodentruppen nach Beendigung der Operation wieder abzuholen.

Wenige hundert Meter von Colonel Nolen entfernt stehen die Fahrzeuge, mit denen die Truppen gekommen sind und in denen sich die Hauptfunkstation befindet, bewacht von Drachengolems.

Hinter Nolen taucht aus dem Schatten der Burg der Sergeant auf, den Nolen fortgeschickt hatte. Als er noch zehn Meter entfernt ist, ruft er schon.

„Sir, wir haben sie. Commander Logan und seine Abteilung haben einen der Geheimgänge entdeckt. Sie wissen jetzt, wie man die Eingänge dazu öffnet und meinen jetzt, alle Eingänge zu Geheimgängen finden zu können."

Der Colonel wirkt jetzt um einiges erfreuter.

„Sehr gut, Sergeant. Kommen Sie mit."

Colonel Nolen läuft zurück in die Burg, gefolgt von seinen Soldaten und dem Sergeant.

Kapitel 9

*I*n ihrem Hotel haben sich die Rebellen eingerichtet und in einem der Zimmer versammelt. Allen sitzt noch die Schlacht vom Nachmittag in den Knochen. Sie wollen über den Besuch in der Garnison am nächsten Tag sprechen. Kaya ergreift als Erste das Wort.

„Es ist ja gut, dass wir morgen in der Garnison vom Gouverneur erwartet werden. Dann können wir einiges ausspionieren. Aber es gibt ein Problem. Was ist, wenn der Gouverneur Pargon als Imperator Hayden erkennt? Dann würden wir alle festgenommen und exekutiert werden."

Pargon schüttelt den Kopf.

„Das ist völlig unmöglich. Gouverneur Borden ist mir nie persönlich begegnet. Der Mann ist schon bei meinem Vater in Ungnade gefallen. Er war zu ehrgeizig und hat einige seiner Vorgesetzten getötet. Also hat mein Vater ihn auf eine Liste von vogelfreien Feinden gesetzt. Jeder, der ihn sah, konnte ihn töten. Und das war sicher schon vor meinem zehnten Geburtstag."

Torwin denkt nach.

„Und was ist mit den anderen Offizieren? Er hat doch sicher Mitarbeiter, die Dich erkennen könnten."

Pargon schüttelt zum zweiten Mal den Kopf.

„Unmöglich, Torwin. Alle hohen Offiziere, die mich kannten, wurden von meinen Agenten größtenteils in den letzten Tagen eliminiert. Die wenigen, die noch leben, befinden sich bei Imperator Cyclon. In ihre Nähe werden wir ja wohl nicht kommen. Aber die Gefahr, dass Ihr erkannt werdet, ist ja viel größer. Ihr steht ja seit Jahren auf allen imperialen Fahndungslisten. Aber wir müssen es darauf ankommen lassen. Wer nicht wagt, der nicht gewinnt."

Pargon lächelt verschmitzt. Leon steht von seinem Sessel auf.

„Dann wäre ja wohl alles geregelt. Wir sehen uns morgen um 0800 Ortszeit. Gute Nacht."

Auch die anderen verabschieden sich und gehen in ihre Zimmer.

Kapitel 10

Die imperialen Truppen Cyclons haben bis jetzt siebenundzwanzig Eingänge gefunden. Alle diese Geheimtüren führen in Gänge.

Colonel Nolen schickt in jeden der Gänge jeweils eine ganze Abteilung, also fünfzig Mann pro Gang.

Die anderen durchsuchen die Burg auf weitere Geheimgänge.

Der Trupp von Commander Logan, der den ersten Gang entdeckt hat, befindet sich jetzt schon seit zwei Stunden in den Gängen und Gewölben unterhalb des Palasts. Logan biegt mit seiner Abteilung um eine Kurve, als plötzlich ein paar Kopfgeldjäger, die sich dort versteckt haben, das Feuer auf sie eröffnen.

Die Soldaten, die ganz vorn marschiert sind, und Commander Logan, der den Trupp persönlich anführte, fallen sofort unter den ersten Salven der Kopfgeldjäger. Die imperiale Abteilung verliert zehn Mann durch die erste Salve. Die überlebenden Soldaten werfen sich sofort in Deckung.

Lieutenant Corronado, der höchstrangige überlebende Offizier der Truppe, versucht Hilfe herbeizurufen. Die Zentrale meldet sich.

„Hören Sie, Lieutenant. Alle siebenundzwanzig Abteilungen sind momentan in Gefechte in den Gewölben verwickelt. Wir schicken Ihnen gleich Verstärkung. Außerdem noch schwer bewaffnete Dunkelfalken. Wie hoch waren Ihre Verluste?"

„Zehn Mann."

Corronado ist bei der Antwort mehr als lakonisch. Plötzlich gibt es in dem unterirdischen Gang eine Explosion, die durch eine Granate der Kopfgeldjäger ausgelöst wurde.

Für Commander Logans Männer, die die erste Salve überlebt haben, kommt nun auch jede Hilfe zu spät, als der Gang völlig über Ihnen einstürzt. In der Funkzentrale weiß man sofort, was geschehen ist und informiert Colonel Nolen. Der Colonel ist sichtlich verärgert.

„Hat wirklich niemand überlebt?"

Der Funker ist sich nicht sicher.

„Wenn doch, dann ist es ihnen nicht möglich, sich zu melden. Soll ich an alle Abteilungen neue Befehle übermitteln?"

Nolen überlegt kurz.

„Geben Sie den Befehl durch, dass keine Abteilungen auf einem Haufen gehen dürfen in Gängen, die so klein sind, wie die, in denen es Commander Logan erwischt hat. Es ist egal, wenn nicht alle Gänge gleichzeitig durchkämmt werden können. Es dürfen nur Abteilungen mit einer Mindeststärke von fünfzig Mann herumlaufen. Keine so kleine Gruppe, wie die zwanzig Mann von Commander Logan, der nur mit einer Teilabteilung unterwegs war."

Der Colonel schaltet ab und der Funker gibt die Befehle weiter. Dann redet der Colonel mit einem der Offiziere, die ihn begleiten.

„Captain, wenn wir sie so nicht erwischen, dann müssen wir sie eben ausräuchern. Fordern Sie Verstärkung an, sonst sitzen wir hier in diesem Palast noch ewig und einen Tag."

Kapitel 11

Goran und seine Männer sitzen in den Gängen unter dem Palast in der Falle.

Von überall her strömen immer mehr imperiale Truppen, die alle Kopfgeldjäger, egal wo sie auch stecken, angreifen. Es hat schon viele Tote auf beiden Seiten gegeben, aber die Nekron-Truppen sind in der Überzahl. Goran selbst, zusammen mit sechsundfünfzig Männern, sitz in einer riesigen unterirdischen Halle fest.

Die Truppen des Blutkaisers haben inzwischen Verstärkung durch eine weitere Legion von dem Schlachtschiff über Guurdine erhalten.

Gorans Stellung wird momentan von rund zweihundert imperialen Soldaten belagert. Goran flucht vor sich hin.

„Verdammt noch mal. Wann kommt bloß unsere eigene Verstärkung? Wenn Imperator Hayden sich nicht beeilt, dann verarbeiten uns diese idiotischen Stoßtruppen zu Drachenfutter."

Dann wendet er sich an einen seiner Wächter.

„Hol mir Erash Dana´a hierher. Und sag Allen, sie sollen Granaten einsetzen."

Der Wächter, eine Felsenbiestwache, ein riesiges, bepelztes Wesen, grunzt und schleicht, unter dem Netz der Laserstrahlen, zu Erash Dana´a und schickt ihn zu Goran. Dann verteilt er die Befehle, die er von Goran erhalten hat. Erash Dana´a kriecht zu Goran hinüber.

„Was gibt es?"

Der unheimliche behelmte Kopfgeldjäger ist ein Rätsel. Viele vermuten, er sei einer der wenigen Überlebenden der Nachtelfen. Seine Flügel sprechen zumindest für eine elfische Herkunft von Ganaan.

Niemand weiß dies genau, weil man ihn noch nie ohne seinen Helm gesehen hat, der den ganzen Kopf bedeckt und der jetzt auf Goran gerichtet ist, der sich von der schroffen Frage nicht getroffen zeigt.

„Sie müssen versuchen, mit Hilfe Ihrer Flügel über die Feinde hinweg durch die Gänge fliegen und mit Ihrem Feuerspeier, den Sie immer mit sich tragen, den Weg zum Ausgang frei schießen. Nehmen Sie mit der Allianz Kontakt auf. Wir müssen wissen, wann die Verstärkung kommt."

Erash nickt Goran zu.

Sekunden später hat er schon seine Flügel entfaltet und schießt feuernd in den Gang, über die Köpfe der Angreifer hinweg, von denen er einige im Flug niederstreckt.

Kurze Zeit später hat er auch schon die Eingangshalle erreicht und fliegt hinaus in die Wüstennacht.

Einige Kilometer von der Koros-Burg entfernt landet er auf einer Düne und legt die Flügel an. Aus seinem Rucksack fährt er eine Antenne aus.

Er ruft das Allianzgeschwader. In seinem Helmlautsprecher hört er die Stimme Colonel Kales, des Geschwaderkommandanten.

„Erash Dana´a, hier spricht das fünfte Geschwader der Allianz. Ich hoffe, Sie halten noch die Stellung. Wir werden in einigen Minuten den letzten Etappensprung durch den Hyperraum hinter uns gebracht haben. Gibt es bei Guurdine irgendwelche feindlichen Raumstreitkräfte?"

Erash Dana´a antwortet kühl.

„Es scheint nur noch ein Schlachtschiff im Orbit zu sein."

„Gut, Dana´a. In einer Stunde werden wir spätestens in den Kampf eingreifen und Ihnen helfen können. Erst schalten wir das feindliche Schiff aus. Dann schicken wir Ihnen zwölf Legionen. Das sollte reichen, oder?"

Erash Dana´a ist zufrieden mit dieser Nachricht.

„Das sollte es. Wir werden nur von ungefähr zwei Legionen attackiert. Aber Sie sollten die Rüstungen Ihrer Soldaten ändern, falls Sie noch die alten imperialen Uniformen tragen. Die Nekron-Truppen haben ihre Uniformen nicht geändert, seit sie sich vom Imperium des Drachenordens abgewandt haben. Wir wollen ja vermeiden, dass wir auf Verbündete schießen."

„Das haben wir schon erledigt, Erash Dana´a. Unsere Leute, egal ob in Rüstung oder Uniform, haben rote Überwürfe über den Schultern. Sagen Sie das Ihren Leuten. Kale, Ende."

Auch Erash Dana´a schaltet ab und entfaltet wieder seine Flügel.

Er fliegt zurück zum Palast, wo er sofort von den Drachengolems aufs Korn genommen wird. Aber er ist zu klein und zu wendig für die großen Geschütze der schwerfälligen Mutanten.

Unbeschadet fliegt er in den Palast zurück und durch die Gänge zu Gorans Stellung, die immer fragiler wird.

Erash Dana´a landet neben Goran und berichtet. Gorans Augen leuchten auf. Er ruft seinen Leute aufmunternd zu.

„Bald kommt Hilfe. Wir müssen nur noch eine Stunde durchhalten. Dann ist bis zum Morgen alles vorbei und wir werden siegreich sein.

Die Kopfgeldjäger jubeln und kämpfen nun sogar noch wilder gegen die Sturmtruppen des Nekromanten-Blutkaisers.

Kapitel 12

*D*as Kampfschiff *Interceptor* schwebt allein im All über dem Planeten Guurdine. Captain Webster, der Kommandant der *Interceptor*, ist hocherfreut.

Bald wird die Mission auf diesem Hinterwäldlerplaneten beendet sein. Seit Tagen hat er nichts mehr von irgendwelchen Allianzaktionen gehört. Und er hofft, bald von diesem Planeten verschwinden zu können. Auf der Brücke der *Interceptor* sind alle Offiziere und Controller sehr entspannt und gelassen.

Außer des Truppennachschubs war in den letzten achtundvierzig Stunden nichts los. Es gab nicht einmal Raumpiraten zu jagen. Dann kommt eine Meldung von einem der Sensor-Controller.

„Sir, wir haben Sensorkontakte. Mehrere Schiffe nähern sich uns aus dem Hyperraum."

Der Captain freut sich über die willkommene Abwechslung. Er geht zu dem Controller und wirft selbst einen Blick auf den Schirm. Mehrere Zerstörer und kreuzer tauchen aus dem Hyperraum auf und nähern sich der *Interceptor*.

Der Captain beobachtet, wie die Schiffe immer näher heranrücken. Als sie sich bis auf wenige Kilometer genähert haben, trennt sich die Formation und auch die Republik-Kreuzer kommen zum Vorschein.

Fast zur gleichen Zeit eröffnen alle Aliianzzerstörer und –kreuzer das Feuer auf die *Interceptor*. Das ganze Schiff erzittert unter den Treffern des feindlichen Geschwaders. Die Funkverbindung wird von den Feinden gestört.

Als die Brücke einen direkten Treffer abbekommt, erbebt sie so stark, dass der Captain vom Kommandopodest hinabgeschleudert wird, in eine Vertiefung, in der die Waffencontroller sitzen. Im gleichen Augenblick explodiert die Brücke unter den Salven der feindlichen Schiffe.

Die Explosion pflanzt sich im ganzen Zerstörer fort und vernichtet das gesamte Schiff innerhalb von Sekunden.

Wo gerade noch die *Interceptor* schwebte, sind jetzt nur noch Staubpartikel und einige wenige größere Wrackteile zu finden.

Kapitel 13

*A*uf dem Zerstörer *Resolution*, dem Flaggschiff des fünften Geschwaders, beobachtet Colonel Kale mit Freude den Untergang des feindlichen Schiffs.

Er ruft seinen Captain zu sich.

„Schadensmeldung."

Der Captain berichtet.

„Keine Schäden bei unserem Geschwader. Der feindliche Zerstörer hatte keine Chance und Zeit, um sich zu wehren. Es war zu schnell vorbei. Sollen wir jetzt die Truppen auf dem Planeten absetzen?"

Kale nickt.

„Ja, natürlich, Captain. Geben Sie Commander Bridges Bescheid, er soll seine Leute mit den Transportern zum Planeten fliegen. Wir müssen Goran schnellstens helfen. Und machen Sie auch meine persönliche Fähre starklar. Ich fliege ebenfalls zum Planeten hinunter."

Der Captain salutiert und gibt die Anweisungen über Kom weiter. Colonel Kale und ein paar Offiziere gehen zum Hangar hinunter. Die Truppen stehen dort schon zum Abflug bereit.

Als erstes starten die Bomber, um Drachengolems, die sich möglicherweise in der Umgebung der Koros-Burg aufhalten könnten, zu eliminieren.

Als nächstes startet die Fähre des Colonels, begleitet von einer Jägereskorte. Und als Letztes starten die Großraumfähren, die die Truppen zum Planeten transportieren.

Die Bomber, um einiges schneller als die Transporter, starten sofort einen Angriff auf die patrouillierenden Drachengolems, nachdem sie sie entdeckt haben.

Die Golems, die innerhalb kürzester Zeit zerbombt sind, haben keine Chance gegen die Bomber, die aus großer Höhe angreifen.

Dann ist der Weg frei für die Landung der Bodentruppen.

Nachdem die Truppentransporter und die Fähre des Colonels gelandet sind, strömen aus den Schiffen zwölftausend Soldaten der Allianz. Sechstausend in Republikuniformen und sechstausend in geänderten imperialen Rüstungen.

Sie stürmen sofort auf den Palast zu. Als Erstes zerstören sie die Funkzentrale und töten die Wachen. Colonel Kale und seine Offiziere dringen mit etlichen Soldaten in den Thronsaal vor.

Dort sehen sie sich nach imperialen Nekron-Einheiten um, aber sie finden niemanden. Colonel Kale setzt sich auf Gorans Thron, der in der Mitte des Saals aufgestellt worden ist.

Anschließend beordert er seine Truppen weiter. In jeden der durch die Truppen des Blutkaisers geöffneten Geheimgänge dringen vierhundert Soldaten der kombinierten Streitkräfte ein und greifen die imperialen Truppen von hinten an, während die Kopfgeldjäger diese frontal attackieren.

Von dem Feuer, das von zwei Seiten auf sie trifft, werden die imperialen Soldaten regelrecht niedergemäht. Wegen der schmalen Gänge haben zwar auch die Rebellen und die Kopfgeldjäger hohe Verluste zu beklagen, weil ihre Übermacht nicht ganz zum Tragen kommt, aber die Stoßtruppen haben trotzdem keine Chance.

Colonel Nolen versucht zwar, mit seiner persönlichen Truppe nach vorne, also durch die Stellung der Kopfgeldjäger vor ihnen durchzubrechen, aber er und seine Männer werden schon wenige Meter vor der Stellung von den Rebellen hinter ihnen, die den Gang mit einer großen Anzahl von Salven bestreichen, getötet.

Nach weniger als einer Stunde sind fast alle zweitausend imperialen Soldaten tot, bis auf ein paar

Offiziere, die gefangen genommen wurden, um an Informationen zu kommen.

Die Gefangenen werden in den Thronsaal geführt, in dem sich Colonel Kale, seine Offiziere, Goran und einige führende Kopfgeldjäger versammelt haben. Bei den Gefangenen handelt es sich um drei Lieutenants und einen Captain.

Colonel Kale führt das Verhör.

„Wie heißen Sie, Captain?"

Der Captain, der im Kampf verwundet wurde, schaut den Colonel mit Hasserfülltem Blick an.

„Captain Chesterfield."

Zwischen den beiden findet jetzt ein langes Verhör statt. Kale fragt und Chesterfield hat zu antworten.

„Was war Ihre Aufgabe, Captain?"

„Ich war der stellvertretende kommandierende Offizier der zweiten Legion des Nekron-Zerstörers *Interceptor*."

„Wer war Ihr kommandierender Offizier auf Guurdine?"

„General Lend."

„Oh, der Oberbefehlshaber der Bodentruppen Des Flagggeschwaders des Blutkaisers. Was ist aus ihm geworden? Ist er in der Schlacht gefallen?"

„Nein, er stürzte hier durch eine Falltür in eine Grube."

Chesterfield deutet auf die zerstörte Glasoptik.

„Dort wurde er von drei Angorsos gefressen."

Kale verzieht angewidert das Gesicht.

„Kein schöner Tod. Aber weiter: was war das Ziel dieses Einsatzes?"

Es ist eigentlich eine rhetorische Frage, weil er die Antwort längst kennt. Dennoch lässt er Chesterfield antworten.

„Wir sollten, auf Befehl des neuen Imperators seiner Majestät dem Blutkaiser, alle Kopfgeldjäger hier in der Koros-Burg töten, damit sie das Imperium des Drachenordens nicht mehr unterstützen können. Das Imperium, das jetzt ein Teil der Allianz ist, meine ich."

Colonel Kale nickt wissend.

„Jetzt noch etwas Anderes, Captain. Was beabsichtigt Imperator Cyclon mit den vielen neuen Fabriken und Bauten überall in der Galaxis?"

Captain Chesterfield reagiert trotzig auf diese Frage.

„Ich weiß nicht, was Sie meinen, Colonel. Ich weiß nichts von Fabriken oder sonstigen Baustellen.

Wegen dieser Antwort schlägt ihm einer der Kopfgeldjäger seinen Gewehrkolben ins Kreuz. Chesterfield sackt in die Knie.

Goran mischt sich in das Verhör ein. Er hebt seine Waffe und zielt auf den knienden Captain.

„Ich zähle bis drei. Entweder Du sagst jetzt die Wahrheit, oder ich erschieße einen Deiner Lieutenants. Und jedes Mal nach einer unbeantworteten Frage kommt der nächste dran. Also, was hat Cyclon vor?"

Chesterfield schweigt.

Goran beginnt zu zählen.

„Eins, zwei, drei."

Im selben Augenblick, in dem er *drei* gesagt hat, schwenkt seine Waffe auf Lieutenant Elberg und er drückt ab. Der Laserstrahl trifft den Lieutenant mitten in der Brust und dieser fällt um. Er ist schon tot, bevor er auf dem Boden aufprallt.

Die beiden anderen Lieutenants beginnen vor Angst zu zittern. Chesterfield sieht starr in eine Richtung. Goran reißt jetzt endgültig der Geduldsfaden.

„Entweder Du redest, oder Ihr drei werdet viel qualvoller sterben."

Er schnauzt den Captain an. Dieser schweigt aber stur weiter, ohne sich um die Drohung zu kümmern.

Goran zuckt mit den Schultern.

„Du hast es so gewollt."

Dann geht der Herr der Kopfgeldjäger zu seinem Thron und drückt einen Knopf in der Armlehne. Plötzlich öffnet sich unter den drei imperialen Offizieren die Falltür, durch die schon General Lend in die Grube unter dem Thronsaal gerutscht ist.

Nach wenigen Sekunden finden sich die drei in der Grube wieder. Sie schauen sich in der Grube um, die auf drei Seiten Felswände und an einer Seite ein stählernes Verbindungstor zur nächsten Grube hat. Sie finden an einer Wand die blutigen Überreste einer imperialen Uniform. Das ist alles, was von General Lend übrig geblieben ist.

Von dem Stahltor her hören sie auf einmal ein dumpfes Grollen, und schon setzt sich das Tor nach oben in Bewegung und öffnet die Nachbargrube.

Sofort kriechen die blutrünstigen Angorsos aus der Höhle hinter dem Tor heraus, weil sie Nahrung wittern.

Die Soldaten der Allianz, die oben im Thronsaal stehen, blicken erstaunt durch das zerbrochene Chronos-Glas in die Grube unter ihnen. Als sie die drei Angorsos sehen, läuft ein entsetztes Raunen und Flüstern durch die Reihen der Soldaten.

Die Kopfgeldjäger jubeln ekstatisch, als die riesigen Würmer auf die todgeweihten Offiziere zu kriechen. Schon immer waren bei dieser Klientel solche *Spiele* eine willkommene Unterhaltung für den Abschaum der Galaxis.

Die Offiziere, die nicht einmal mehr ihre Laserwaffen besitzen, weichen immer weiter an die Wand zurück, wie schon General Lend vor ihnen. Einer der beiden Lieutenants steht mit dem Rücken zur Wand und starrt wie gebannt auf die heranrückenden Angorsos, die darauf aus sind, ihn zu verspeisen.

Captain Chesterfield versucht, an der steilen Felswand nach oben zu klettern und so den gefräßigen Monstern zu entkommen. Der zweite Lieutenant, der noch ganz bei Sinnen ist, hilft ihm dabei und klettert hinterher.

Wenige Meter über dem Boden, ungefähr acht Meter, gibt es für die Offiziere kein Weiterkommen, da schon bald die Grubendecke erreicht ist und die Wand, so weit oben, beginnt, sich nach innen zur Grube zu kippen und bis zum zerbrochenen Glas zusammenzulaufen.

Die Würmer haben jetzt den nahezu hypnotisierten Lieutenant erreicht und stürzen sich sofort mit alles sechs Köpfen, jeder Wurm hat ja bekanntermaßen zwei davon, auf den Lieutenant. Als die Angorsos den armen Offizier

64

in Stücke reißen und sein schmerzerfülltes Geschrei die große Grube erfüllt, wendet der Captain seinen Kopf ab.

Doch der Lieutenant neben ihm wendet sich nicht ab, weil er von den Geschehnissen so sehr geschockt ist. Deshalb lockert sich auch sein Griff an der Felswand.

Er beginnt, von der Wand auf die Würmer zuzurutschen. Captain Chesterfield versucht noch, ihn zu halten, aber es ist bereits zu spät.

Der Lieutenant wird von den Angorsos noch in der Luft, im freien Fall, geschnappt.

Dann streiten sich auch schon zwei um die neue Beute, während der dritte Wurm sich mit den Resten des ersten Offiziers, der ihnen zum Opfer gefallen ist, beschäftigt.

Der Gewinner des Gerangels beginnt, den abgestürzten Offizier zu verspeisen.

Der Verlierer arbeitet sich an die Felswand heran und beginnt, da er auch noch Beute machen will, an der Wand hinaufzuklettern, um den Captain zu schnappen, der sich krampfhaft an den Felsen klammert.

Die Kopfgeldjäger jubeln immer lauter, als sie sehen, wie groß die Angst des Captain vor dem Angorso ist.

Captain Chesterfield beginnt verzweifelt zu schreien und klettert noch ein Stück an der Wand hinauf.

Aber der Riesenwurm kommt langsam aber sicher näher.

Als der Wurm ihn fast erreicht hat, kommt dem Captain eine Idee, und er springt aus neun Metern Höhe an dem Wurm, der an der Wand hängt, vorbei und rennt von den Angorsos weg in die Nachbarhöhle. Doch er findet auch dort keinen Fluchtweg.

Und jetzt kommen alle drei Monster auf ihn zu. Nun bleibt ihm kein Ausweg mehr. Diese Höhle ist nur drei Meter hoch, also ist die Decke in Reichweite der Monster.

Wenige Minuten später erreichen die Ungeheuer, die heute schon drei imperiale Offiziere auf dem Gewissen haben, auch den Captain. Sein Leben dauert nur noch wenige Sekunden.

Dann stirbt er durch die riesigen Zahnkränze der Angorsos. Die Allianzsoldaten blicken angewidert weg, während die Kopfgeldjäger vor Freude schreien und in weitere Ekstase geraten.

Die Angorsos zu füttern ist für sie ein Heidenspaß. Nach einigen Minuten bringt Goran wieder Ordnung unter seine Leute. Dann wendet er sich an Colonel Kale.

„Colonel, so Leid es mir tut, aber wir werden Sie und Ihre Männer zu Ihrer Flotte begleiten müssen. Die imperialen Soldaten haben unser gesamtes Schiffspotential zerstört. Und wenn wir hier bleiben, werden sicher neue Einheiten des Nekron-Imperiums nachfolgen, um sich an uns zu rächen. Der Imperator, ich meine Imperator und Allianz-Oberbefehlshaber Hayden, hat sicher nichts dagegen."

Der Colonel blickt zuerst verwundert, dann aber verständnisvoll.

„Gut, Goran. Packen Sie alles zusammen, was Sie unbedingt benötigen. Unsere Truppentransporter stehen hier ganz in der Nähe. Sie begleiten mich natürlich in meiner persönlichen Fähre. Aber beeilen Sie sich jetzt. Wir müssen leider damit rechnen, dass hier bald sehr viele Schlachtschiffe der Nekrons herumschwirren werden. Daher müssen wir hier schnell verschwinden."

Kaum hat er ausgesprochen, marschiert er schon Richtung Ausgang und Wüste los.

Die überlebenden zehntausendsiebenhundertzweiundneunzig Soldaten sind schon auf dem Weg zu ihren Transportern.

Die Offiziere warten vor dem Palast auf Colonel Kale. Die Kopfgeldjäger und die Allianzoffiziere brechen schließlich gemeinsam auf.

Das Feuer im Hangar und der Drachengolems, die überall brennend stehen und liegen, greift nun auf den

Palast über, in dem tausende von toten Stoßtruppen des Nekron-Imperiums liegen.

Eine halbe Stunde später, als die drei Sonnen langsam über Guurdine aufgehen, fliegen die Transporter und Fähren zu ihren Mutterschiffen.

Kaum sind sie in die Dockbuchten der Zerstörer und Kreuzer eingeflogen, als diese auch schon in den Hyperraum übergehen und Guurdine hinter sich lassen.

Kapitel 14

*A*uf Kapinmag ist es inzwischen hell geworden. Die Freunde werden von einem offiziellen imperialen Gleiter vom Hotel abgeholt, um zu Gouverneur Borden gebracht zu werden.

Sie fahren mit dieser Staatskarosse durch die edelsten Viertel der Hauptstadt des Planeten zur Garnison, in der es seit Neuestem auch einen Gouverneurspalast gibt. Dorthin werden die Allianzkrieger gebracht, um mit dem Mann zusammenzutreffen, den sie entführen wollen.

Vor dem großen Elektrozaun der Garnison am Tor bleibt der Gleiter stehen.

Die Wache am Tor geht zum Fahrer und kontrolliert seinen Fahrbefehl. Danach geht er zum Fond des Gleiters und blickt hinein. Er begrüßt Pargon.

„Guten Morgen, Herr Botschafter. Gouverneur Borden erwartet Sie schon."

Dann wendet er sich zum Fahrer.

„Sie können weiterfahren."

Dann öffnet sich das Tor und der Gleiter setzt sich wieder in Bewegung.

Über eine lange Straße, die sich zwischen den Truppenquartieren hindurchschlängelt, fahren sie bis ins Herz der Garnison. Dort steht der neu errichtete Gouverneurspalast.

Direkt vor den Marmorstufen zum großen Portal bleibt der Gleiter stehen. Die Ehrenwache, die auf den Stufen steht, salutiert, als Pargon und die Anderen aus dem luxuriösen Gleiter steigen.

Von den Stufen kommt ein Colonel herab, um sie zu begrüßen. Er streckt seine Hand aus, die Pargon auch ergreift.

„Willkommen, Herr Botschafter. Der Gouverneur erwartet Sie und Ihre Assistentin. Ihre Wachen können sich hier auf dem Gelände umsehen, solange Sie mir Gouverneur Borden sprechen. Ihre Droiden können in der Werkstatt ein Ölbad nehmen."

Pargon nickt. Er sagt dies auch seinen Begleitern.

„Der Colonel hat Recht. Seht Euch in der Garnison halt etwas um."

Der Colonel winkt einen Corporal herbei, damit er sich um die Droiden kümmert.

Dann führt der Colonel Pargon und Kaya in den Gouverneurspalast, vorbei an Antiquitäten und Kunstschätzen aus allen Teilen der Galaxis, die einen unschätzbaren Wert darstellen. Pargon prägt sich alle sicherheitstechnischen Details ein.

Unglaublicherweise gibt es in den Gängen des Palastes nur sehr wenige und dazu leichtbewaffnete Wachen.

Nach zehn Minuten erreichen sie eine große Stahltür mit vielen Verzierungen, vor der zwei Wächter stehen. Der Colonel betätigt einen Sensor neben der Tür. Die Tür selbst wird elektronisch entsichert, und einer der Wächter öffnet sie ihnen.

Der Colonel lässt Pargon und Kaya den Vortritt und schließt hinter sich, als auch er eingetreten ist, die Tür.

Gouverneur Borden, der hinter seinem riesigen Schreibtisch aus durchsichtigem Kunststoff mit Stahlbesatz sitzt, erhebt sich von seinem Polstersessel. Er strahlt fröhlich und begrüßt nichts ahnend die beiden Hochstapler.

„Guten Morgen, Botschafter Selkirk. Willkommen Counsellor Gjou. Es freut mich, Sie hier begrüßen zu dürfen. Wir haben seit Monaten nichts mehr von Capron gehört. Wir dachten schon, diese Rebellen hätten Capron eingenommen."

Pargon und Kaya setzen sich. Pargon spricht zuerst.

„Das nicht, Gouverneur. Aber wir werden ständig von Einheiten der Allianz angegriffen. Doch wir halten durch.

71

Wir haben nur ein paar Probleme mit der Kommunikation."

Das ist absolut gelogen, da die Allianz schon vor längerer Zeit den Planeten übernommen und alle Menschen von dem Planeten weggebracht hat.

„Ich bin hierher gekommen, um Sie um Hilfe gegen die Allianztruppen zu bitten. Denn für immer können wir uns allein nicht halten."

Gouverneur Borden nickt wissend.

„Natürlich, Botschafter. Ich werde alles Nötige veranlassen. Jetzt muss ich mich aber leider schon von Ihnen verabschieden. Ich habe noch viel zu tun. Der Colonel wird Sie hinausbegleiten."

Der Gouverneur steht auf und reicht den Beiden nacheinander die Hand. Dann führt der Colonel die Freunde wieder durch den Palast zurück.

Vor dem Tor warten schon TDE und Gimmick auf sie. Leon, Torwin, Gonron und Raoul kommen auch gerade von ihrem Rundgang durch die Garnison zurück.

Torwin wirft Kaya einen bedeutungsvollen Blick zu.

Der Colonel hält Kaya die Tür am Fond des Gleiters auf und sie steigt ein. Der Gleiter setzt sich, nachdem alle wieder eingestiegen sind, in Bewegung und fährt wieder durch die Garnison zurück zum Haupttor.

Die Rebellen schweigen während der Fahrt zum Hotel. Vor dem Hotel steigen sie aus und gehen die Stufen zum Portal hoch.

Pargon flüstert den Anderen etwas zu.

„Heute Nacht."

Das ist das Einzige, was er sagt. Gonron trennt sich von der Gruppe und verlässt das Hotel wieder, um Hogob zu suchen. Über Kom Kontakt aufzunehmen, ist zu gefährlich.

Die Anderen betreten das Hotel und gehen auf ihre Zimmer, um noch ein paar Stunden auszuruhen.

Kapitel 15

*S*echs Stunden später.

Die Rebellen sitzen in ihren Zimmern und kontrollieren ihre Waffen für den Einsatz. Gonron ist auch schon vor einigen Stunden zurückgekehrt. Hogob ist bereit für das Ablenkungsmanöver, das er in einer halben Stunde starten wird.

Die Freunde haben noch einmal alles besprochen und fahren jetzt in die Hotelhalle hinunter. Sie verlassen das Hotel und steigen in einen Gleiter, den sie gemietet haben. Dann brechen sie, zum zweiten Mal an diesem Tag, in Richtung Gouverneurspalast auf.

Die Straßen der Nobelviertel von Kapinmag-City erwachen jetzt am Abend zum Leben. Der Gleiter der Rebellen muss sich durch ein Gewirr von Gleitern und Bewohnern des Viertels wühlen. Aber dann schaffen sie es doch.

Vor dem Tor der Garnison bleibt der Gleiter stehen. Torwin schaltet die Turbinen ab, als auch schon eine Wache zu ihrem Gleiter kommt.

„Was wollen Sie?"

Torwin übernimmt das.

„Ich habe den Botschafter von Capron an Bord. Er muss noch einmal mit Gouverneur Borden sprechen. Es ist äußerst dringend."

Der Wächter ist unsicher.

„Es tut mir Leid, Sir, aber ich muss zuerst mit dem Adjutanten des Gouverneurs Verbindung aufnehmen."

Er geht vom Gleiter weg und nimmt einen Kommunikator. Dann spricht er mit dem Palast. Die Freunde können nicht hören, was er sagt, aber als er das Gespräch beendet hat, kehrt er zum Gleiter zurück.

„Sie können hineinfahren."

Dann betätigt er die Torautomatik und die Flügel des Stahltors öffnen sich. Torwin startet wieder den Gleiter und fährt in die Garnison, auf den Gouverneurspalast zu. Vor dem Palast stoppt Torwin den Gleiter und die Rebellen springen heraus. Ohne auf irgendeine Begrüßung zu warten, laufen sie in den Palast.

Die Wache vor dem Portal, die auf der Marmortreppe steht, blickt ihnen erstaunt nach.

Sie hetzen durch die Gänge zum Büro des Gouverneurs. Ohne anzuklopfen treten sie ein, nachdem Pargon magisch das Schloss heimlich außer Kraft gesetzt hatte.

Der Gouverneur fährt von seinem Sessel hoch und scheint sehr verärgert zu sein.

„Was hat das zu bedeuten?"

Torwin schließt die Tür hinter sich.

„Das hat es zu bedeuten."

Im gleichen Augenblick zieht er seine Waffe. Die anderen Rebellen machen es ihm gleich. Leon klärt den Gouverneur auf.

„Wir sind Soldaten der Allianz. Sie werden uns zu unserem Schiff begleiten und dann mit uns zu unserer Flotte fliegen. Wir brauchen von Ihnen ein paar Informationen."

Borden grinst Leon hämisch an.

„Und wie wollen Sie hier aus der Garnison herauskommen? Hier gibt es über tausend Soldaten, eine gesamte Legion."

Leon lächelt überlegen.

„Durch eine kleine Hilfe. Und zwar diese."

Plötzlich hört man aus vielen Richtungen innerhalb der Garnison Explosionen. Draußen stürzen alle Soldaten in Richtung der Explosionspunkte.

Hogobs Leute haben an vielen verschiedenen Stellen der Garnison Tarnbomben gelegt und feuern nun auf die Soldaten, die herbei stürmen.

Raoul presst Gouverneur Borden seine Waffe in den Rücken.

„Sie kommen jetzt mit uns, Borden. Ein falsches Wort und Sie sind tot."

Dann marschieren alle durch die Tür, Borden in ihrer Mitte, die Waffen verborgen. Torwin wendet sich an die Wachen vor der Tür.

„Wir bringen den Gouverneur in Sicherheit. Bewachen Sie das Büro, damit niemand einbricht und wichtige Papiere stiehlt."

Dann marschieren sie weiter durch die Gänge zum Ausgang. Torwin öffnet die Tür des Gleiters und Raoul schiebt den Gouverneur hinein. Torwin und Kaya steigen vorn und die anderen im Fond ein. Dann startet Torwin den Gleiter und schießt los, direkt durch die Garnison, in der alle Soldaten wild durcheinander laufen. Wegen seines Tempos hätte Torwin fast ein paar Male beinahe einige Soldaten über den Haufen gefahren.

Als sie das Haupttor der Garnison erreichen, werden sie von einer Abteilung Sondertruppen des Nekron-Imperiums aufgehalten.

Der Anführer, ein Captain, geht zum Fahrer des Gleiters, also zu Torwin.

„Wohin wollen Sie? Wir haben alles abgesperrt. Kehren Sie um."

Torwin schüttelt den Kopf.

„Das geht nicht. Ich fahre auf Befehl des Gouverneurs. Ich muss ihn wegen des Angriffs hier wegbringen."

Als wenn es seine Worte unterstützen soll, donnert eine weitere Explosion durch die Nacht. Die Garnison ist schon jetzt durch die vielen Feuer hell erleuchtet.

Der Captain ist durch Torwins Aussage zusätzlich sehr erstaunt.

„Sie haben den Gouverneur an Bord?"

Torwin nickt genervt. Darauf geht der Captain zum Fond und klopft. Raoul presst dem Gouverneur die Waffe noch stärker in die Seite. Dann fährt Leon die Scheibe herunter.

Als der Captain den Gouverneur erblickt, salutiert er ehrfürchtig.

Borden muss aufgrund der Situation seine Gereiztheit nicht einmal künstlich aufsetzen.

„Lassen Sie uns endlich durch. Ich habe keine Lust, noch länger zu warten."

Der Captain nickt und gibt seinen Leuten ein Zeichen. Diese öffnen das Tor und der Gleiter setzt sicht in

Bewegung. Er verschwindet in der Dunkelheit und die Wachen wollen gerade das Tor verschließen, als Seward, ein Schüler Cyclons, genauer gesagt sein Meisterschüler, dort auftaucht. Er wendet sich an den Captain.

„Wo will der Gouverneur hin? Im Palast sagte man mir, dass er sich in Sicherheit bringen will. Und wie viele Offiziere hatte er bei sich?"

Der Captain ist extrem verunsichert, da er natürlich über den besonderen Status seines Gegenübers informiert ist.

„Wohin er will, weiß ich nicht. Und er hatte auch keine Offiziere bei sich. Der Botschafter von Capron und seine Leibwache waren bei ihm."

Seward flüstert wütend vor sich hin.

„Verdammt. Ich habe es gespürt. Ich habe es die ganze Zeit gespürt. Botschafter, hah. Verdammte Rebellen. Die schnappe ich mir selbst."

Dann wendet er sich wieder lauter an den Captain.

„Lassen Sie alle Raumhäfen abriegeln. Der Gouverneur ist entführt worden. Capron ist kein imperialer Planet. Alles andere überlassen Sie mir."

Dann marschiert er zum nächsten Militärgleiter und jagt durch das Tor, den Rebellen hinterher.

Kapitel 16

*I*m Gleiter jubeln die Rebellen vor Freude. Doch Pargon wird bald wieder ernüchternd. Er bringt seine Freunde zur Ruhe.

„Hört mal zu. Wir haben zwar die erste Hürde gemeistert, aber wir müssen diesen Felsklumpen auch noch verlassen. Und das wird kein Kinderspiel. Ich weiß nicht, wo Cyclons Schüler stecken. Und das ist das Problem. Wenn hier einer ist hat er sicher schon herausgefunden, dass die angebliche Flucht des Gouverneurs eigentlich eine Entführung ist. Wir können also sehr schnell große Probleme bekommen. Ich hoffe, wir sind verschwunden, bevor die Raumhäfen abgeriegelt sind."

Leon schlägt Pargons Hoffnungen nieder.

„Das ist schon geschehen. Ich spüre es. Ein mächtiger Schüler Cyclons erwartet uns. Er will sich uns persönlich vornehmen."

Er klopft Torwin auf die Schulter.

„Torwin, fahr sofort zum Raumhafen. Wir werden uns dort in einer Lagerhalle verstecken. So nah an den

Wachen werden sie nicht nach uns suchen. Außerdem wartet der Meisterschüler auf uns in einer der Hallen, oder er wird dort noch warten wollen. So weit kann ich die Zukunft nicht erkennen. Aber egal. Hauptsache wir kommen von hier weg."

Torwin ändert den Kurs und der Gleiter schwebt in Richtung Raumhafen. Kurz vor den Rampen, bei denen etliche Soldaten in Stellung gegangen sind, biegt Torwin ab und nimmt Kurs auf die Hallen, mit denen der gesamte Raumhafen gespickt ist.

Vor einer Halle, die wie Pargon sich versichert, leer ist, bleibt der Gleiter stehen. Pargon öffnet die Tür der Halle vom Gleiter aus mit einer Bewegung seines Magierstabs, und der Gleiter schwebt in die Halle. Hinter ihnen schließt Pargon wieder die Tür. Leon aktiviert mit seinem Magierstab wiederum die Lichtanlage im Innern der Halle.

Sie steigen aus und sehen sich einmal um. Die Halle ist vollkommen leer. Es gibt nichts die kleinste Lagerkiste in dem ganzen großen Raum. TDE entfernt ein erstaunter Ausruf.

„Bei meinem Schöpfer. So viel Leere habe ich noch nie gesehen. Du vielleicht, Gimmick?"

Der kleine schwebende Droide pfeift mit einem verneinenden Fiepsen.

Raoul schnappt sich Borden und schleppt ihn zu einem der vielen dünnen Stahlpfeiler, die das Dach der Halle abstützen. Daran fesselt er den Gouverneur mit elektronischen Handschellen. Dann geht er zu den anderen zurück.

„Was machen wir nun?"

Die Antwort kommt von Leon.

„Ihr Anderen macht gar nichts. Ich gehe jetzt zu der Halle, in der sich der Schüler von Lord Cyclon oder Blutkaiser oder wie er sich auch immer nun nennt, befindet. Ich werde mich um ihn kümmern. Bald bin ich wieder zurück. Wartet hier auf mich."

Ohne eine Antwort abzuwarten, marschiert er los. Torwin will ihn zurückholen, aber Pargon hält ihn am Arm zurück. Leon öffnet eine kleine Seitentür und ist kurz darauf verschwunden. Sie sehen ihm alle ein paar Sekunden nach. Dann verteilen sie sich in der Halle und laufen unruhig hin und her, wie ein Tiger im Käfig. Pargon geht auf Gouverneur Borden zu.

„Na, Gouverneur. Wie fühlt man sich denn in dieser Position? Sie und Cyclon dachten sicher, mich wären Sie los. Darf ich mich vorstellen: Mein Name ist Hayden, Admiral Pargon Hayden, ehemals Imperator des intergalaktischen Imperiums, bevor Cyclon seinen

Militärputsch plante und durchführte. Heute immer noch Imperator der Reste des Hadon-Imperiums und Oberbefehlshaber der Streitkräfte der Allianz zwischen dem Hadon-Imperium und der Republik der Druiden."

Gouverneur Borden bekommt vor Staunen den Mund nicht mehr zu. Er flucht wütend.

„Verdammt. Ich hatte Sie schon in meinem Palast, umgeben von zweitausend Soldaten, und Sie spazieren da einfach wieder raus. Cyclon hätte mir für Ihren Kopf alles gegeben, was ich mir wünsche. Was wollen Sie eigentlich von mir?"

Pargon lächelt nur über die Reaktion des Gouverneurs.

„Nur ein paar Informationen, Borden. Über Cyclons Pläne. Ich würde sie mir ja gern selbst aus Ihren Gedanken herauslesen, aber Sie sind ja ein Cyborg, und Ihr Gehirn, besonders das Erinnerungszentrum, ist leider größtenteils elektronisch. Und deshalb müssen wir Sie leider verhören."

Borden lacht ihn herablassend an.

„Meinen Sie etwa, dass ich Ihnen irgendetwas verraten? Das glauben Sie doch selbst nicht. Es war völlig sinnlos, mich zu entführen."

Pargon schüttelt den Kopf.

„Das glaube ich nicht. Wir haben so unsere Methoden, Leute zum Sprechen zu bringen. Das schaffen wir sogar mit Droiden, und erst recht mit Cyborgs."

Bordens Haltung versteift sich.

„Falls Sie hier wegkommen. Auf Bansheeclaw, ja ich habe ihn mittlerweile erkannt, sein Gesicht kam mir schon die ganze Zeit bekannt vor, und jetzt ist mir auch sein Name eingefallen, werden Sie auf jeden Fall verzichten müssen. Er wird Lord Cyclons Meisterschüler, sein Name ist übrigens Seward, nicht entkommen. Er ist einer der besten fünf Schüler des Blutkaisers."

Pargon nickt.

„Einer der einzigen fünf mit wirklichen magischen Kräften. Die anderen haben nicht genug Talent, auch wenn sie offiziell noch seine Schüler sind, wahrscheinlich behält er sie zur Abschreckung. Aber unsere Agenten sind gut genug, um so etwas herauszufinden. Aber jetzt sollten Sie sich ausruhen, Borden. Sie werden bald keine Gelegenheit dazu haben."

Kapitel 17

Leon ist inzwischen durch die Dunkelheit zu einer Halle geschlichen, bei der er eine unbekannte dunkle Präsenz einer uralten dunklen Magie spürt. Das muss die Aura von Todesmagie der Nekromanten sein, da er so etwas vorher, selbst zu Zeiten des Bösen Imperators Hayden noch nie gespürt hat.

Er steht jetzt vor der Tür zur Halle und wartet. Leon weiß, dass er von Seward erwartet wird. Seward ist allein. Leon fasst seinen Magierstab fester und tritt ein. Die Halle ist dunkel, wirklich stockfinster. Nur ein heller Fleck ist in der ganzen Halle zu finden.

Seward, in eine schwarze Robe gekleidet und mit seinem schwarzen Magierstab mit dem Totenkopf als Spitze, tritt in den Lichtkreis. Leon kann das böse in ihm fühlen. Es macht ihn schaudern, weil es ihn an das Böse erinnert, das er damals beim alten Imperator fühlte, nur noch dunkler. Allerdings war es damals eine dunkle Variante der Drachenmagie, die Todesmagie der Nekromanten fühlt sich viel bösartiger an. Seward spricht Leon an, als dieser zögert, näher zu kommen.

„Treten Sie näher, Commander Bansheeclaw. Ja, ich weiß, wer Sie sind. Ihre Gedanken verraten Sie. Sie sind wohl doch nicht so stark, wie alle denken. Oder, Bansheeclaw?"

Leon blickt ihn reserviert an.

„Ich habe zugelassen, dass Sie meinen Namen erkennen können, Seward. Auch ich kenne Ihren Namen."

Seward blickt nur arrogant.

„Nun, Bansheeclaw, Sie wissen, dass ich Sie nicht lebend gehen lassen kann. Das würde mein Meister mir verübeln. Sie müssen jetzt leider sterben."

Im gleichen Moment hebt er seinen Magierstab. Leon weicht einen Schritt zurück.

„Wer hier sterben wird, das wird sich noch herausstellen müssen, Seward."

Dann hebt auch er seinen Magierstab und geht in Verteidigungsstellung. Seward geht in Angriffsstellung.

Die beiden Widersacher stehen sich jetzt ruhig und abschätzend gegenüber. Keiner von ihnen rührt sich vom Fleck oder macht auch nur eine Bewegung. Sie durchbohren sich mit Blicken, die schärfer sind als Elfenschwerter.

Aus heiterem Himmel macht Seward einen Ausfall und attackiert Leon. Dieser wehrt den Hieb mit einer Bewegung seines Stabes ab. Dann stehen sich die beiden wieder bewegungslos gegenüber. Sewards Attacken folgen aber nun immer schneller hintereinander, doch Leon kann alle Hiebe abwehren, die Seward austeilt.

Der Kampf wird immer hektischer. Sewards Schläge werden jetzt auch immer heftiger, und Leon weicht immer weiter in die Dunkelheit der Halle zurück.

Plötzlich murmelt Seward einen Zauberspruch und die Halle erstrahlt in gleißendem Licht. Leon ist so geblendet, dass sein Gegner eine Gelegenheit erhält, mit einem gewaltigen Schlag nach Leon auszuholen. Der Hieb trifft glücklicherweise doch nur Lukes Magierstab.

Beim Aufprall der beiden gegensätzlichen Magien sprühen die Stäbe funken. Leon wird von dem Schlag zu Boden geworfen und verliert seinen Stab. Seward richtet den Totenkopf seines Stabes auf Leon und seine Augen leuchten.

„Jetzt habe ich den großen Leon Bansheeclaw besiegt. Den Mann, der Imperator Hayden tötete. Zuerst töte ich Sie und später Lord Cyclon. Dann bin ich der mächtigste und dunkelste Imperator aller Zeiten."

Leon blickt auf den Totenkopf.

„Seien Sie sich da nicht so sicher, es gibt noch viel, was Sie über die Magie noch lernen müssen."

Im gleichen Augenblick brechen Ranken durch den Betonboden der Halle und treffen Seward an der Schulter mit einem gewaltigen Schlag. Er wird davon sofort zu Boden geworfen.

Leon springt auf und streckt die Hand aus. Sein Magierstab springt daraufhin direkt in seine Hand. Er dreht sich zu Seward, der immer noch geschockt am Boden liegt.

„Sie haben vergessen, dass ich im Gebrauch der Druidenmagie sehr geschult bin, Seward. Magie ist nicht von so etwas banalem wie einem Stab abhängig. Stehen Sie auf. Oder wollen Sie liegend sterben?"

Seward erhebt sich vom Boden und nimmt dabei seinen Stab wieder auf.

„Was Sie können, Bansheeclaw, kann ich schon lange."

Von allen Seiten der Halle kommen Gegenstände auf Leon zugeflogen, die Seward mit der Macht seines Stabes schweben lässt. Doch Leon wehrt diese Dinge mit einem Netz aus Ranken ab, die sich als Barriere rings um ihn aus dem Boden wachsen. Gleichzeitig marschiert er auf Seward zu.

Als dieser bemerkt, dass seine Attacken mit den fliegenden Gegenständen nichts bewirken, greift er Leon wieder mit seinem Magierstab an. Leon reagiert sofort und hebt wiederum seinen Stab, als Sewards Waffe heruntersaust. Die Magierstäbe pralle erneut funken sprühend aufeinander. Die beiden Kämpfer verkeilen sich mit den Armen ineinander, aber Leon stößt Seward von sich weg.

In Sewards Kopf breitet sich eine große Schwärze aus. Er hat Angst. Angst davor, von Leon besiegt zu werden. Seward hat den Druiden unterschätzt. Aber unsinnigerweise ist er gleichzeitig froh, dass er nicht mit Pargon Hayden kämpfen muss. Die Angst aber beginnt, ihn zu lähmen. Leon spürt Sewards Angst.

Aber diese Angst verwandelt sich langsam in Zorn und Hass. Seward hat nur noch ein Ziel. Er will Leon töten. Er stürzt sich auf den Druiden und schlägt mit aller Kraft zu. Leon weicht, von den heftigen Schlägen des Gegners getrieben, zurück.

Doch der Hass gibt Seward nicht nur Kraft, sondern macht ihn auch unvorsichtig. Leon wartet beim Zurückweichen den Augenblick ab, um Sewards Unvorsichtigkeit auszunutzen.

Der Nekromant schlägt immer kräftiger und brutaler zu. Er drängt Leon zu Boden. Leon bleibt trotzdem kühl und berechnend. Er muss Sewards schwache Stellen ausnutzen, bevor der Todesmagier ihn endgültig zu Boden drückt.

Dann kommt Leons Chance. Seward hebt seinen Magierstab über den Kopf und konzentriert seinen Hass, um Todesmagie in konzentrierter Form in der Spitze des Magierstabs zu sammeln und einen Todesfluch in Form eines schwarzen Blitzes auf Leon zu schleudern.

In diesem Augenblick aber reißt Leon seinen eigenen Stab in die Höhe und schleudert magische Baumpfeile in Sewards Richtung.

Der Nekromant reißt ungläubig die Augen auf und lässt seinen Stab fallen. Er blickt zuerst Leon verstört an und dann an sich selbst herab, wo sich auf seiner Robe feuchte Flecken zeigen, wo die Baumpfeile ihn getroffen haben. Gerade schien es ihm noch so, dass er der Sieger sein würde, und jetzt ist er von dutzenden Pfeilen durchbohrt und stirbt.

Leon weicht einen Schritt zurück, während Seward in die Knie sackt. Noch ein letzter Blick für seinen Mörder, dann stirbt der Meisterschüler des Nekromanten-Blukaisers und fällt gänzlich zu Boden.

Leon bleibt noch einige Sekunden neben Sewards Leiche stehen. Auch wenn es sich um einen extrem bösartigen Nekromanten handelte, als Druide bedauert er es immer, ein Leben auslöschen zu müssen.

Leon wankt zur Tür der Halle. Dort bleibt er noch einmal stehen und blickt zurück. Dann hebt er seinen Stab und das Licht in der Halle erlischt. Nur der Lichtkegel, der von Anfang an dort leuchtete, ist noch zu sehen. Genau in ihm liegt Sewards Leiche.

Leon öffnet die Tür der Halle und tritt hinaus in die Nacht. Dort bleibt er kurz stehen und atmet die kühle Luft tief ein. Er lehnt einen Moment an der Wand und sammelt neue Kräfte, nachdem der Kampf ihn so geschafft hat.

Nach einigen Minuten schleicht er los, immer im Schatten der Wände, damit ihn keine der imperialen Nekron-Wachen entdecken kann.

Kapitel 18

*A*ls Leon die Halle erreicht, in der die anderen Kämpfer der Allianz und Gouverneur Borden warten, öffnet er die Tür und stolpert erschöpft hinein.

Gonron und Pargon stürzen sofort auf Leon zu und stützen ihn.

„Leon."

Kaya stürzt ebenfalls herbei. Raoul und Torwin passen währenddessen auf Borden auf. Pargon befürchtet, dass Leon im Kampf gegen Seward unterlegen ist. Falls das geschehen ist, werden sie diesen Planeten nicht wieder lebend verlassen. Doch in diesem Augenblick beginnt Leon zu erzählen.

„Ich habe Seward gefunden. Es war ein harter Kampf, aber ich habe doch noch gewonnen. Hoffentlich finden sie seine Leiche nicht allzu schnell. Wir müssen jetzt hier verschwinden. Es sind anscheinend nicht allzu viele Soldaten bei unserem Schiff. Und Seward kann jetzt keine Verstärkung mehr rufen."

Pargon gibt den anderen ein Zeichen und sie machen sich bereit zum Abmarsch. Raoul kettet Borden los und kettet ihn dann an seinem eigenen Arm fest.

Torwin geht vor und öffnet vorsichtig. Vor der Tür ist niemand zu sehen. Torwin zieht seine Waffe und geht vor. Nach ihm folgen Raoul und Borden. Hinter ihnen stützen Gonron und Pargon Leon. Dann folgt Kaya und hinter ihr die Droiden. Der Gleiter bleibt in der Halle zurück.

Borden beginnt zu befürchten, dass die Rebellen den Durchbruch schaffen können. Wenn selbst Seward tot ist, können seine Wachen auch nicht viel ausrichten.

Als sie fast die Rampe 58 erreicht haben, wo die getarnte *Elfenklinge* abgestellt ist, ziehen alle ihre Waffen, um mögliche Wachen sofort ausschalten zu können.

Als sie eintreffen stehen vor der *Elfenklinge* fünf Wächter mit starken Lasersturmgewehren. Seward hatte alle Wachen verteilt, falls die Rebellen sich ein schnelleres Schiff stehlen wollen, als den plumpen Diplomatenkreuzer, nach dem die *Elfenklinge* in diesem Zustand aussieht. Wenn der Nekromant gewusst hätte, was für ein Schiff das in Wirklichkeit ist, dann hätte er alle Wachen dorthin geschickt.

Leon bleibt mit Raoul Menrette und Borden hinter einer Ecke zurück, während die anderen um die Ecke laufen und im Lauf das Feuer eröffnen. Drei der fünf Wächter fallen sofort getroffen zu Boden. Die Anderen springen in Deckung und erwidern das Feuer der Angreifer.

Die Rebellen springen auch sofort in Deckung vor den starken Waffen der Nekron-Sturmtruppen. Hinter einem Mauervorsprung bleiben sie liegen und denken nach, wie sie an den Wächtern vorbeikommen können, die hinter einem Gleiter in Deckung gegangen sind.

Aber Gonron wartet nicht auf eine Lösung sondern stürzt einfach los. Er packt den Gleiter und kippt ihn auf die Sturmtruppen, die sich hinter dem Fahrzeug in Sicherheit gewähnt haben. Sie werden beide einfach von dem Gleiter zerquetscht.

Torwin, Kaya und Pargon sind jetzt hinterher gekommen und decken den Weg für Leon, Raoul und Borden.

Torwin öffnet die Rampe zum Schiff. Jetzt kommen auch die Droiden, die die Gegend erkundet haben. Alle betreten das Schiff, während Pargon und Gonron an der Rampe warten, bis alle im Schiff sind, und die *Elfenklinge* startklar ist. Dann laufen auch die beiden die Rampe hinauf.

Plötzlich tauchen weitere Soldaten der Sturmtruppen auf und eröffnen sofort das Feuer auf das Schiff, als die Soldaten ihre toten Kameraden sehen.

Doch Pargon hat schon die Rampe des Schiffs geschlossen. Gonron besetzt jetzt auch den Copilotensessel und Torwin lässt die Triebwerke anlaufen.

Kaum haben sich alle angeschnallt, da hat Torwin auch die Triebwerksdüsen gezündet und die *Elfenklinge* schießt in den Himmel von Kapinmag.

Doch die angreifende Patrouille hat bereits Luftunterstützung angefordert.

Eine Staffel von Vampyr-Jägern jagt hinter den Rebellen her. Sie feuern unaufhörlich auf das fliehende Diplomatenschiff. Torwin ist überhaupt nicht erfreut über diese Begeleitung.

„Hey, Jungs, ran an die Geschütze. Unser Besuch macht mir Kummer."

Pargon und Kaya besetzen die Waffenstationen, von denen aus die Großgeschütze des Schiffes manuell bedient werden können, um die Treffsicherheit zu erhöhen.

Die Jäger des Nekron-Imperiums schwirren um die *Elfenklinge* herum und schießen auf das Allianzschiff. Pargon und Kaya bemühen sich, die kleinen, wendigen Jäger abzuschießen, obwohl sie sehr schwer zu treffen sind. Doch trotz des Abwehrfeuers stoßen die kleinen Angreifer immer wieder auf das Diplomatenschiff hinab und feuern ohne Pause. Der Deflektoschild der *Elfenklinge* hält zwar das Feuer der feindlichen Jäger vom Rumpf fern, aber niemand kann sagen, wie lange.

Gonron knurrt Torwin etwas zu. Torwin reißt die Augen auf.

„Was? Die Heckschilde fallen aus? Mist. Okay, ich sprenge jetzt die Tarnung ab. Alles festhalten da hinten."

Torwin drückt einen Knopf vor sich am Steuerpult. Außen am Schiff gibt es eine Reihe von kleinen Explosionen, die die Tarnung des Schiffes wegsprengen.

Die anfliegenden Jäger müssen den umher fliegenden Trümmern ausweichen. Zwei der zwölf angreifenden Vampyr-Jäger werden von den Trümmern zerstört.

Da die plumpe Verkleidung der *Elfenklinge* nun weggesprengt ist, kann das Rebellenschiff nun seine volle Schubkraft ausnutzen.

Da Raoul im Passagierbereich auf den Gouverneur aufpasst, muss Gonron nun den Leitstand des Controllers und den Berechnungscomputer für die Daten zum Sprung in den Hyperraum übernehmen.

Im gleichen Augenblick ruft Pargon etwas aus dem Geschützstand.

„Torwin, sieh Dir mal den Besuch an, der da gerade auftaucht."

Torwin blickt aus dem Cockpitfenster und sucht das All ab.

Und in der Tat, dort tauchen zwei Nekron-Zerstörer auf und greifen, aus allen Rohren feuernd, an.

Kaum hat Torwin die Zerstörer gesichtet, da wird die *Elfenklinge* auch schon von einer Salve getroffen.

Aus den Geräten über sich wird Gonron von Funken übersprüht, als die Lasersalve der Zerstörer die Deflektorschilde durchbricht und im Computersystem des Schiffes verheerenden Schaden anrichtet.

Gonron knurrt wütend vor sich hin und schlägt auf die zerstörten Instrumente ein.

Torwin ist einmal mehr wütend auf sein Schiff. Früher hat es ihm so gute Dienste geleistet, und heute lässt es ihn ständig in Stich.

Außerdem brechen immer mehr feindliche Jäger zum Heck durch, das ungeschützt ist, und lassen das Schiff unter ihren Salven erbeben.

Auch die Zerstörer rücken immer näher.

Und jetzt muss Torwin auch noch die Koordinaten für den Sprung in den Hyperraum selbst berechnen, im Kopf.

Er dreht sich zu Gonron um.

„Gonron, übernimm das Steuer. Flieg so nah wie möglich an die Zerstörer heran, dann können sie uns nicht so leicht treffen. Ich berechne die Koordinaten."

Sie tauschen die Plätze und die *Elfenklinge* fliegt, immer noch auf die Jäger feuernd, auf die Zerstörer des Nekron-Imperiums zu.

Kapitel 19

*A*uf dem Nekron-Zerstörer *Maurinus* betrachtet Captain Harris, der Kommandant, die Schlacht im All.

Einer der Sensorcontroller hat gemeldet, dass das feindliche Schiff als gesuchtes Rebellenschiff identifiziert wurde, dass schon im Hadon-Imperium seit Jahren Nummer Eins auf den imperialen Fahndungslisten gewesen ist.

Captain Harris ist verwundert, warum die *Elfenklinge*, das Schiff des legendären Generals Torwin, sich in Kämpfe verwickeln lässt und nicht einfach in den Hyperraum flieht.

Da sie den Gouverneur haben, haben die Rebellen doch sicher alles, was sie wollten.

Doch da wird sein Gedankengang schon von einem Controller gestört.

„Sir, das feindliche Schiff flieht immer noch nicht in den Hyperraum. Es kommt im Gegenteil sogar direkt auf uns zu. Das Schiff ist auf Kollisionskurs mit unserem Zerstörer *Fairbanks*. Die sind doch wahnsinnig. Warum hauen die nicht einfach ab?"

Der Captain schaut den Controller verwundert an. Dann geht ihm ein Licht auf. Er dreht sich zu seinem Lieutenant um.

„Verdammt. Ich hab es. Die schaffen den Sprung in den Hyperraum einfach nicht. Das ist ja unglaublich, wir müssen sie schon schwerer getroffen haben, als wir dachten. Geben Sie den Befehl zum Totalangriff. Starten Sie alles, was wir haben. Wir werden sie aus dem All blasen."

Alle Männer auf der Brücke sehen ihren Kommandanten an. Das wird der Fang des Jahrhunderts.

Doch die Rebellen scheinen anderer Meinung zu sein. Anscheinend gönnen sie dem Nekron-Imperium diese Genugtuung nicht.

Denn sie haben ihren Kurs von der *Fairbanks* abgewandt und rasen jetzt direkt auf die Brücke der *Maurinus* zu.

Der reine Selbstmord.

Der Captain und seine Offiziere werfen sich kurz nach dem Kurswechsel auch schon auf den Boden der Brücke, als die *Elfenklinge* durch das Sperrfeuer der Lasergeschütze bricht.

Doch das Rebellenschiff rammt die Brücke nicht, sondern zieht kurz vor dem Aufprall scharf nach oben hoch.

Die Offiziere stehen geschockt auf und können es nicht glauben, dass sie noch leben.

Im großen Krieg haben solche Manöver von Selbstmordpiloten zu viele Leben gekostet.

Der Captain stellt sich die entscheidende Frage als Erster.

„Wo ist das Schiff hin?"

Er ruft diesen Gedanken auch über die Brücke.

Ein Controller hat den Mut zu antworten.

„Sie fliegen an unseren Aufbauten entlang und werden dabei von unseren Jägern verfolgt."

Harris weiß, was nun zu befehlen ist.

„Geben Sie Sperrfeuerbefehl."

Jetzt kehrt sein Grinsen zurück.

„Wollen wir mal sehen, wer von uns beiden der Bessere ist, Torwin."

Kapitel 20

*I*n der *Elfenklinge* ist die Stimmung mehr als gedrückt.

Torwin kann bei diesem ständigen Beschuss keine vernünftigen Berechnungen anstellen.

Pargon und Kaya feuern immer weiter auf die angreifenden Jäger, treffen aber nur wenige, weil sie zu klein und wendig sind. Leon hat mittlerweile auf dem Sessel des Copiloten Platz genommen, um Gonron zu helfen.

Die *Elfenklinge* rast um den riesigen Nekron-Zerstörer herum, gefolgt von nun mehreren Dutzend Angriffsjägern, die unaufhörlich auf das Rebellenschiff feuern. Die *Elfenklinge* hat schon etliche Beschädigungen erlitten, obwohl Gonron fast alle Energie in die hinteren Schilde geleitet hat.

Wenn die *Elfenklinge* nicht bald in den Hyperraum verschwunden ist, wird es das Schiff nicht mehr geben.

Trotzdem ist der einzige an Bord, der in Panik gerät, TDE, der wie von einem Höhlengnom gebissen durch das Passagierabteil des Schiffes rennt. Raoul reißt langsam der Geduldsfaden bei diesem quasselnden, plappernden, brabbelnden Droiden. Selbst Gouverneur Borden ist von TDE ziemlich genervt.

Torwin konzentriert sich immer stärker auf die Berechnung der Koordinaten.

Gonron steuert die *Elfenklinge* ziemlich wild an dem Zerstörer entlang. Er steuert so unmöglich durch die Gegend, dass schon einige Jäger, die sie von allen Seiten angreifen, ihren eigenen Zerstörer gerammt haben und in Feuerbälle aufgegangen sind.

Pargon feuert und feuert auf die Jäger, die früher einmal ihm gedient haben. Da kommt ihm eine Idee.

„Leon, lass mich mal an den Kommunikator und stell ihn auf die imperiale Standard-Militärfrequenz. Ich hab eine Idee."

Er verlässt den Geschützstand und geht ins Cockpit. Leon nickt ihm zu.

Im gleichen Moment ruft Torwin etwas von seiner Station.

„Ich brauche nur drei Minuten mal Ruhe. Dann habe ich die Koordinaten."

Auch Pargon nickt und schaltet den Kommunikator ein.

„Achtung, an alle Geschwader. Hier spricht General Post."

Er zwinkert Leon zu.

„Das ist ein Code-Blau-Befehl. Alles zurückziehen. Die Befehle des Geschwaderkommandanten sind hiermit aufgehoben. Lassen Sie das fliehende Schiff in Ruhe. Das Leben des Gouverneurs darf nicht in Gefahr gebracht werden. General Post, Ende."

Dann schaltet er den Kommunikator ab. Gonron lacht in sich hinein. Er zieht die *Elfenklinge* vom Zerstörer weg.

Bange Sekunden des Wartens vergehen. Doch nun ist es klar. Die Jäger verfolgen sie nicht. Torwin kann jetzt ungestört arbeiten.

- - -

Auf der *Maurinus* steht ein gewaltig wütender Captain Harris.

„Verdammt noch mal. Welcher Idiot kam denn auf diese hirnrissige Idee. Die Jäger ziehen einfach von dem Schiff ab. Das bei einer solchen Beute. Die sollen die Verfolgung wieder aufnehmen."

Der Lieutenant tritt neben seinen Kommandanten.

„General Post hat diese Aktion befohlen, Sir, wegen Gouverneur Bordens Sicherheit. Es darf dem Gouverneur ausdrücklich nichts geschehen. Und es war ein Code-Blau-

Befehl. Der hat absolute Priorität. Es ist zwar ein nicht ganz aktueller Prioritätscode, aber er ist immer noch gültig. Und wir wissen ja alle, wie lange die Verwaltung für die Updates braucht."

Captain Harris denkt einige Sekunden lang nach. Dann kommt ihm genau der richtige Gedanke.

Dann wendet er sich auch sofort an seine Mannschaft.

„Ich habe noch nie von einem General Post gehört. Ich kenne keinen einzigen Offizier mit diesem Namen. Und wenn das ein Code von vor dem Putsch war, kann das nur eines bedeuten. Ich weiß, wer über alle Prioritätscodes bis zum Putsch verfügte. Und wir wissen, dass er mit den Rebellen jetzt gemeinsame Sache macht. Das war Imperator Pargon Hayden. Der befindet sich bestimmt auch an Bord der *Elfenklinge*. Die Jäger sollen sofort die Verfolgung wieder aufnehmen. Der Fang wird noch größer, als wir dachten."

Kapitel 21

Die *Elfenklinge* hat sich jetzt schon ziemlich weit von den Zerstörern und ihren Jägern entfernt. Torwin hat fast die Koordinaten für den Sprung in den Hyperraum berechnet. Da meldet sich Leon.

„Achtung. Die Jäger greifen wieder an. Wir sind durch die Treffer zu langsam geworden. Sie werden uns bald einholen."

Torwin grummelt.

„Ich bin ja bald fertig."

In diesem Augenblick wird die *Elfenklinge* auch schon von den Salven der angreifenden Jäger getroffen.

Torwin beginnt wieder zu fluchen. Pargon ist wieder auf seinen Platz an den Geschützkontrollen zurückgekehrt.

Die Jäger greifen jetzt sogar stärker an, als beim ersten Mal, wenn das überhaupt möglich ist.

Die *Elfenklinge* wird durch zahlreiche Lasertreffer durchgeschüttelt. Plötzlich gibt es einen großen Knall. Die Konsole vor Gonron verwandelt sich in ein Lichtermeer.

Der Druck aus den Laderäumen entweicht explosionsartig. Geistesgegenwärtig schließt Leon die Druckschotten zu den Laderäumen. Im Cockpit und auch im ganzen restlichen Schiff wird es plötzlich durch einen Energieabfall stockfinster. Doch Sekunden später schaltet sich die rote Notbeleuchtung des Schiffes ein.

Torwin flucht weiter vor sich hin, und versucht, bei diesem schlechten Arbeitslicht seine Berechnungen zu beenden.

Nun rücken auch die beiden Nekron-Zerstörer hinter dem fliehenden Allianz-Schiff auf.

Die imperialen Piloten sind nun so zahlreich mit ihren Maschinen im All, dass jeder Schuss, den Pargon und Kaya abgeben, ein Treffer ist.

Nur noch wenige Sekunden trennen die *Elfenklinge* von ihrem Untergang. Doch da hört man einen Aufschrei von Torwin.

„Ich habe die Koordinaten."

Dann gibt er diese in die Zentralsteuerung des Schiffes ein. Gonron betätigt die Aktivierung des Hyperantriebs.

Die *Elfenklinge* schießt kurz darauf auch tatsächlich in den Hyperraum und in die Freiheit, vor den Augen tausender Soldaten des Nekron-Imperiums.

Kapitel 22

*A*uf Kwor, dem Zentralplaneten des neuen Nekron-Imperiums, ist Colonel Matupa unterwegs zum kaiserlichen Palast, um dem Blutkaiser die doppelte oder sogar dreifache Niederlage für sein Imperium beizubringen.

Durch die Menge der Soldaten, die vor dem Palast versammelt sind, fährt er mit seinem Gleiter bis zum Palasttor. Dort steigt er aus und geht, gefolgt und eskortiert von zwei Wachen, zum Thronsaal des Imperators.

Unterwegs wird sein Angstgefühl immer größer und seine Kehle schnürt sich zu.

Der Blutkaiser wird sich sicher nicht so einfach mit den Niederlagen abfinden. Hoffentlich wird der Kaiser seinen Zorn zügeln können. Sonst wird der Colonel nicht mehr allzu lange zu leben haben. Und das weiß er auch.

Das zeigt der Kaiser auch schon mit seiner Rüstung. Der letzte Träger einer solchen Rüstung hat ziemlich viele Untergebene wegen Versagens mit einem Wink getötet.

Als er vor der großen Tür zum Thronsaal eintrifft, stehen dort weitere Wachen, die den Kaiser schützen. Einer der Wächter öffnet dem Colonel die Tür. Colonel Matupa schluckt noch einmal und tritt ein.

Der Kaiser sitzt in seiner unheimlichen schwarzen Rüstung mit der silbernen Totenkopfmaske auf dem großen, schwarzen Thron aus Stahl und Holz. Einige hohe Offiziere und ein paar Berater und Botschafter befinden sich im Thronsaal beim Kaiser. Sie machen dem Colonel den Weg frei, als er auf den Thron zumarschiert. Alles ist still und erwartet Meldungen über die Kämpfe auf Guurdine.

Vor dem Thron bleibt Matupa stehen und wartet darauf, von seinem Kaiser zum Sprechen aufgefordert zu werden. Dieser lässt ihn auch nicht allzu lange warten.

„Reden Sie, Colonel."

Der Colonel beginnt erst nach einem tiefen Atemzug mit der Schilderung der Lage auf Guurdine.

„Mein Kaiser, unsere Truppen auf Guurdine, unter dem Befehl von General Lend, haben den Palast der Kopfgeldjäger gestürmt. Kein Kopfgeldjäger war vorher aus dem Palast entkommen. Unsere Leute trieben die Kopfgeldjäger aus ihrem Palast in die unterirdischen Gänge und Gewölbe und setzten sie dort fest. Eine weitere Legion wurde von der *Interceptor* zur Verstärkung und endgültigen Beendigung der Schlacht zum Planeten geschickt. Beide Legionen zusammen nahmen die Kopfgeldjäger in ihren Verstecken in die Zange."

Dann zögert er einen Augenblick und räuspert sich. Er fährt einige Sekunden später fort.

„Doch plötzlich tauchte ein Geschwader aus Schiffen der Allianz und des Hadon-Imperiums auf und zerstörte die *Interceptor*. Dann schickten sie eine Übermacht an Bodentruppen auf den Planeten. Unsere sämtlichen Soldaten sind gefallen. Danach verschwanden die Feinde gemeinsam mit den Kopfgeldjägern von dem Planeten. Die *Interceptor* konnte vor ihrer Zerstörung noch die Suchtrupps informieren. Dieses marschierten zum Palast und konnten nur noch die Leichen aus der ausgebrannten Koros-Burg bergen."

Blutkaiser Cyclon fährt wütend von seinem Thron hoch. Er brüllt durch den Thronsaal.

„Das ist doch nicht zu fassen. Zweitausend Tote. Meine Planungsoffiziere sind unfähig, wenn ein paar Rebellen und der klägliche Anhang von Hayden so etwas erreichen können."

Cyclon sinkt auf seinen Thron zurück. Colonel Matupa wagt es gar nicht, überhaupt weiter zu berichten.

Seine Angst vor seinem dunklen Herrn wird immer größer. Doch er fasst sich schließlich einigermaßen und meldet sich noch einmal zu Wort.

„Majestät, wir hatten noch ein paar kleinere Probleme. Eine Abteilung von Rebellen ist, als capronische Diplomaten getarnt, auf Kapinmag gelandet. Sie sind in die Garnison eingebrochen und haben Gouverneur Borden entführt. Sie sind zum Raumhafen entkommen und in ihr Schiff geflüchtet. Sie hatten Probleme mit ihrem Hyperantrieb und wurden von unseren Patrouillen-Zerstörern gestellt. Dann sprengten sie die Tarnung ihres Schiffes ab. Es handelte sich um die *Elfenklinge*, das Schiff General Torwins. Doch leider konnten sie schließlich doch noch in den Hyperraum entkommen."

Blutkaiser Cyclons Wut ist nun schon fast im ganzen Saal zu spüren. Colonel Matupa, der mit seinem Ende rechnet, will vorher aber noch seinen Vortrag beenden.

„Noch eine letzte Meldung ist hereingekommen. Ihr Schüler Seward stellte einen der Rebellen am Raumhafen. Unsere Leute fanden die Leiche Lord Sewards vor wenigen Minuten. Er wurde anscheinende durch magische Baumpfeile getötet. Wir wissen nicht, wer es war, aber es war garantiert ein Druide."

Cyclon springt nun wieder auf. Vor Wut rasend spricht er in den Saal hinein, mit einem grausigen Flüstern.

„Das kann nur Bansheeclaw gewesen sein. Wenn ich den erwische, geschieht mit ihm das Gleiche, wie mit Ihnen, Colonel."

In diesem Moment hebt er seinen Magierstab und richtet ihn auf den Colonel. Aus dem Stab schießt blitzartig eine Nebelwolke, die den Colonel augenblicklich umschließt. Zuerst wird diesem die Luft abgeschnürt und er greift sich an die Kehle. Colonel Matupa sieht Cyclon mit schmerzerfülltem Blick an. Sein Gesicht wird zu einer grässlichen Fratze. Dann wird der Nebel dichter und man sieht nichts mehr.

Als die Nebelwolke sich schließlich auflöst, sieht man nur noch ein blankes Skelett auf dem Boden liegen. Cyclon hat in diesem Moment demonstriert, wie mächtig die Magie der Nekromanten sein kann.

Der Blutkaiser winkt schließlich einige Wachen herbei. Sie tragen die Überreste des toten Offiziers aus dem Thronsaal und sind zum ersten Mal froh, keine Offiziere zu sein.

Cyclon wandert durch den Saal. Vor seinen Stabsoffizieren bleibt er stehen und hebt drohend seinen Stab.

„Denken Sie an das, was Sie soeben gesehen haben. Wenn einer von Ihnen auch nur noch einen Fehler begeht, wird derjenige ebenso enden, wie der Colonel. Und nun machen Sie Ihre Arbeit. Ich will, dass die Arbeiten am Portal der Untoten vorangetrieben werden. Wenn nicht in zwei Wochen alles für meine Beschwörungen bereit ist, dann werden Sie alle dafür bezahlen."

Er schreitet zu seinem Thron zurück und setzt sich wieder.

„Denken Sie daran. Zwei Wochen"

Das sind seine letzten Worte, bevor die Offiziere auf seinen Wink hin den Saal verlassen.

Kapitel 23

*D*ie *Elfenklinge* schwebt neben der *Nymphe* im All. Der Gouverneur von Kapinmag und seine Entführer werden in wenigen Minuten auf dem Flaggschiff der Allianz sein. Die *Elfenklinge* nimmt Kurs auf das große Hauptdeck des Rebellenkreuzers.

Als die *Elfenklinge* aufsetzt, warten dreißig Wachsoldaten und einige Offiziere, die San Marenda, die Präsidentin der Republik, begleiten, darauf, die Freunde zu begrüßen und den wichtigen Gefangenen in Empfang zu nehmen.

Als die Rampe des Frachtschiffs heruntergefahren ist, präsentieren die Wachsoldaten ihre Gewehre. Als Erste betreten Leon und Pargon das Deck des Kreuzers. Die Offiziere nehmen sie freudig in Empfang. Raoul Menrette bringt Gouverneur Borden die Rampe hinunter,

Die Wachen schnappen sich Borden sofort, und Raoul öffnet die Ketten. Zehn Allianzsoldaten schleppen den Gouverneur zum Gefängnisblock des Schiffes.

Die anderen Freunde klettern nun auch aus dem Schiff. Die übrigen Soldaten und die Offiziere begrüßen den Stoßtrupp freudig.

San Marenda und Pargon umarmen sich kurz und beginnen mit einer Diskussion über die Mission. Pargon berichtet und erklärt dann schließlich seine Bedenken.

„Der Blutkaiser wird seine Projekte jetzt sicher vorantreiben, nachdem er von Bordens Entführung und Sewards Tod gehört hat. Daher müssen wir Borden so schnell wie möglich verhören. Falls es wirklich so ein gefährliches Projekt ist, wie ich befürchte, dann bleibt uns nicht mehr viel Zeit zum handeln."

San Marenda nickt zustimmend. Sie alle verlassen jetzt den Hangar und machen sich auf den Weg in die oberen Decks. Leon, Kaya, Gonron, Torwin und Raoul begeben sich in Ihre zugewiesenen Kabinen, um sich von der Mission zu erholen.

Pargon begleitet San Marenda zum Zellenblock, wo Gouverneur Borden inhaftiert ist. Sie betreten den Verhörraum, in dem einige Geräte untergebracht sind, um Borden notfalls mit durchschlagenden Argumenten zu überreden, dass er sein Wissen preisgibt.

Ein großer schwarzer Droide bedient die Geräte. Er ist als Folterroboter programmiert. Obwohl solche

Methoden dem Wesen der Druiden zutiefst widersprechen, haben sie auf Drängen des Imperators solche Geräte auf ihr Schiff gebracht.

Mutter und Sohn setzen sich an einen großen ovalen Tisch in der Mitte des Raums. Einige Stabsoffiziere setzen sich ebenfalls dazu.

Am dem Eingang entgegen gesetzten Ende des Raums öffnet sich eine Sicherheitstür, und Gouverneur Borden wird von zwei Wachen hereingeführt. Seine Hände stecken nun in Handschellen. Pargon deutet auf einen Stuhl am Kopfende des Tisches. Borden setzt sich hin und blickt den Imperator an. Pargon hebt seinen Magierstab, den er immer noch bei sich trägt.

„Die sind sicher überflüssig."

Im gleichen Moment öffnen sich, wie von Geisterhand, die Handschellen, die Borden sofort abschüttelt. Erwartungsvoll blickt er in Pargons Richtung. San Marenda übernimmt die Führung des Verhörs.

„Gouverneur Borden, Sie können sich bestimmt vorstellen, warum wir Sie haben entführen lassen. Wir benötigen von Ihnen einige Informationen über die Pläne Ihres neuen Blutkaisers, Lord Cyclon. Wir wissen, dass er einige Fabriken, Gebäude und Baustellen im All errichten lassen hat. Ich möchte nun von Ihnen wissen, was er damit plant. Wir hoffen für Sie, dass Sie mit uns kooperieren. Ich möchte nicht unbedingt den Droiden auf Sie loslassen. Das wäre sehr bedauerlich für Sie. Auch wenn jede Faser meines Wesens gegen solche Methoden ist, werde ich sie einsetzen, um Milliarden von Lebewesen zu schützen, und ich befürchte, dass hier so viele Leben auf dem Spiel stehen. Die Informationen werden wir also so oder so bekommen. Wenn Sie sich weigern, verlieren Sie möglicherweise nach einer sehr schmerzvollen Tortur auch noch Ihr Leben. Wir nur etwas Zeit. Ich bin mir sicher, dass Sie ein Leben als Gefangener einem qualvollen Tod vorziehen würden. Also kooperieren Sie, oder Sie erleben Letzteres."

Der letzte Satz war eine harte Drohung.

Und Bordens Blick verrät, dass er die Drohung wirklich ernst nimmt. Doch er schweigt und wartet darauf, was geschieht.

San Marenda will mit dem eigentlichen Verhör beginnen, aber Pargon winkt ab und flüstert ihr etwas ins Ohr. Dann übernimmt er das Verhör des höchsten Offiziers unter Blutkaiser Cyclon.

Er steht von seinem Stuhl auf und geht auf Gouverneur Borden zu. Pargon stellt sich hinter diesen und spricht von oben auf ihn herab.

„Gouverneur, sagen Sie uns, wozu man alles, was in den Fabriken produziert wird, benötigt. Seien Sie kooperativ und es erwartet Sie eine recht angenehme Gefangenschaft. Vielleicht setzen wir Sie sogar, mit allem was Sie benötigen, auf einem abgelegenen Planeten aus. Also, Gouverneur? Reden Sie?"

Borden blickt weiter stur geradeaus, sagt aber dennoch etwas mit Hasserfüllter Stimme.

„Sie werden von mir gar nichts erfahren. All Ihre Versprechungen können Sie sich sonst wohin stecken. Selbst wenn ich rede, würden Sie diese sowieso nicht einhalten. Vergessen Sie es, ehemals großer Imperator."

Pargon sieht ihn ungerührt an. Mit Gefangenen, die ihre Mitarbeit verweigern, hat er schon so seine Erfahrungen gemacht.

„Wie Sie wollen, Gouverneur."

Er winkt den schwarzen Folterdroiden herbei. Dieser schaltet eine Reihe seiner Folterinstrumente ein, während zwei Wachen den Gouverneur ergreifen und zum Folterdroiden führen. Dort fesseln sie Borden an eine der Maschinen.

Dieser wehrt sich zwar, aber die Wächter werden aufgrund ihrer Ausbildung spielend mit ihm fertig.

Als er dann schön verschnürt ist, befestigt der Droide mehrere Kontakte an Bordens Kopf.

Dieser bekommt es jetzt doch mit der Angst zu tun und beginnt zu schwitzen. Er denkt darüber nach, was der Droide wohl mit diesen Kontakten anstellen wird. Borden malt sich die schlimmsten Bilder aus, was nicht gerade zu seiner Beruhigung beiträgt. Nachdem der Droide seine Vorbereitungen abgeschlossen hat, baut sich Pargon Hayden vor Borden auf.

„Das, Gouverneur, ist jetzt Ihre letzte Chance, dieses Verhör unbeschadet zu überstehen. Beantworten Sie meine Frage, oder wir behandeln Sie mit Elektroschocks und Impulsen, die Ihre bionischen Zellen zerstören, bis Sie freiwillig alles verraten und darum bitten, dass ich Sie töte. Also, Borden, was bezweckt Cyclon mit der Produktion in den Fabriken und mit den Großbaustellen?"

Borden schließt die Augen und bereitet sich auf die Folter vor, denn er wird nichts verraten. Weil Borden weiter schweigt, gibt Hayden dem Droiden ein Zeichen.

Dieser stellt, zumindest für den Anfang, eine niedrige Stufe an der Maschine ein und lässt Schockwellen auf den gefesselten Offizier los. Schon unter der Kraft dieser schwachen Ströme und Impulse zuckt Gouverneur

Borden vor Schmerz. Er windet sich, aber seine Fesseln halten mit Leichtigkeit stand.

Nach einer halben Minute lässt der Imperator den Droiden die Maschine vorerst wieder abschalten. Dann befragt er den Gouverneur noch einmal.

„Was ist der Zweck dieser Anlagen?"

Doch Borden keucht nur.

„Rate doch mal. Denn ich sage Dir nichts."

Pargon macht nur eine kleine Handbewegung und der Droide fährt wieder mit seiner Arbeit fort. Allerdings sind die Impulse jetzt eine Stufe stärker als beim vorherigen Mal. Deshalb zuckt Borden auch noch heftiger unter der Folter.

Die Folter ist auf der niedrigsten Stufe schon schlimmer für ihn als für einen reinen Menschen oder Droiden. Er ist ein Cyborg, eine Mischung aus Beidem, und wird daher auch von zwei verschiedenen Foltermethoden gleichzeitig gequält.

Und Pargon hat weder die Zeit noch die Lust, zu viele Stunden mit dem Verhör zu verbringen. Daher befiehlt er dem Folterdroiden, die Stärke der Ströme, die durch Bordens Herz und andere Organe strömen, und der Impulse, die seine Bionischen Implantate in Teilen seines Gehirns, außer der Datenbank, zu erhöhen.

Die Qual für den Körper und das Gehirn des imperialen Offiziers wird erdrückend groß. Der Gouverneur zuckt nun unkontrolliert.

San Marenda will Pargon befehlen aufzuhören, da sie es nicht mehr ertragen kann, doch der schüttelt schon den Kopf, bevor sie nur dazu ansetzt. Gerade wegen der menschlichen Gewissensbisse sind die Foltermeister heutzutage grundsätzlich Droiden, die haben kein Gewissen.

Als der Droide die Impulsstärke ziemlich nah an die höchste Stufe anhebt, erfüllt Bordens Scherzensgeschrei den gesamten Raum. Die Allianzoffiziere blicken schon nicht mehr hin. Kurz nachdem die Folter die höchste Stärke erreicht hat, geht Hayden selbst zu der Folterapparatur und schiebt die Regler langsam zurück. Die Zuckungen des Gouverneurs werden immer schwächer, bis er nur noch schlaff in seinen Fesseln hängt.

Pargon geh zu ihm und hebt dessen Kopf etwas an. Borden hat die Augen immer noch geöffnet und blickt den Imperator angstvoll an. Es ist der Blick eines Mannes, der durch die Folter gebrochen wurde. Pargon weiß das.

„Gouverneur, das kann noch Stunden so weitergehen. Und das würden Sie im Endeffekt nicht überleben. Sie könnten es sich aber ersparen, diese Tortur bis zum Tode durchzumachen. Verraten Sie uns jetzt, was wir wissen wollen? Sie brauchen nur zu nicken. Mehr können Sie zurzeit wahrscheinlich sowieso nicht. Was ist nun?"

Pargon blickt Borden tief in die Augen. Eine lange Zeit blicken sich die beiden nur stumm in die Augen. Aber dann weiß Borden nur noch einen Ausweg aus seiner Lage.

Er hebt langsam, ganz langsam seinen Kopf und senkt ihn ebenso langsam wieder. Das war sein Zeichen für die endgültige Aufgabe des Widerstands, und es ist gleichzeitig die größte Niederlage seines Lebens. Wahrscheinlich ist es auch seine letzte.

Pargon winkt die beiden Wächter herbei und diese befreien Borden von seinen Fesseln. Dann setzen sie ihn wieder auf seinen Stuhl. Einer der Wächter holt einen Becher Wasser und stellt ihn vor den Gouverneur.

Borden sieht, wie er dort auf dem Stuhl sitzt, wie eine Häufchen Elend aus. Es scheint, als wäre er um dreißig Jahre gealtert. Er sieht aus, wie ein wirklich alter, gebrochener Mann.

San Marenda sieht den Nekron-Offizier mitleidig an, obwohl sie sonst eine ziemlich abgehärtete Frau ist. Aber sie ist auch eine Frau des Friedens und mag solche Methoden nicht. Sie hat es ohnehin nur geduldet, weil es wahrscheinlich umdas Bestehen der Allianz und das Überleben der gesamten Galaxis geht. Sie blickt ihren Sohn an, der darauf wartet, dass Borden sich weit genug erholt hat, um weiter befragt zu werden.

Die anwesenden Offiziere schauen auch schon ganz gespannt. Als er meint, dass der Zeitpunkt gekommen ist um fortzufahren, beginnt Pargon wieder zu reden.

„Nun, Gouverneur, fangen wir mal ganz vorn an. Als Erstes, was produzieren die neuen Fabriken, und was wird mit den Produkten gemacht?"

Borden räuspert sich, hustet ein paar Mal und beginnt leise zu sprechen.

„Die Fabriken fabrizieren Baustoffe für eine neue Anlage, für unterirdische Gebäude und sie produzieren Rohstoffe für eine weitere Großfabrik."

Pargon nickt verstehend.

„Aber für was für Projekte und Produkte braucht er so viele Materialien, und wohin bringt er alles?"

Der Gouverneur, der sich langsam von der Folter erholt, fährt fort.

„Blutkaiser Cyclon hat ein neues Großprojekt gestartet. Auf einem entfernten Planeten lässt er ein riesiges Portal bauen und ein neues Hauptquartier. Außerdem wird der Planet teilweise ausgehöhlt und mit einem gigantischen Hyperantrieb versehen, damit er sich durch die Galaxis bewegen kann. Er baut dort nach uralten Überlieferungen ein Portal der Untoten. Das wird die schrecklichste Waffe im Universum sein, die Sie sich nur vorstellen können. Das Portal öffnet einerseits ein Tor in die dunkelste Dimension der Nekromanten. Von dort bekommt Cyclon wann immer er will so viel Nachschub an bösartigen Truppen, wie er will. Und andererseits kann das Portal jedes Wesen in ein untotes Monster verwandeln, indem ein magischer Strahl vom Portal abgeschossen wird. Der Planet des Portals wird jeden anderen Planeten und jedes System, das sich gegen Cyclon stellt, in einen Hort der Untoten verwandeln. Dann sind auch Sie verloren, Hayden."

Pargon bleibt ungerührt von dieser Drohung, trotz des Grauens, das diese Pläne in jedem vernünftig denkenden Wesen auslösen. Ihn interessieren im Moment nur Details.

„Gouverneur, was ist mit den beiden anderen größeren Projekten, die Sie mir bis jetzt verschwiegen haben? Unsere Agenten haben von zwei völlig unterschiedlichen Gebäudekomplexen berichtet, die auf zwei verschiedenen Planeten gebaut werden. Einer ist fertig, der Andere noch im Bau. Was sind das für Gebäude, Borden? Weitere Fabriken? Depots?"

Borden ist gar nicht glücklich, dass Imperator Hayden, der Mann, den er mittlerweile am Meisten hasst, so viel über die Projekte seines Kaisers weiß.

Und da der Gouverneur weiß, dass er eine weitere Folter nicht überlegen würde, entschließt er sich, die Wahrheit zu sagen.

„Nun, es handelt sich bei dem unfertigen Komplex tatsächlich um eine weitere Fabrik. Das Andere ist in gewissem Sinne auch ein Depot."

Pargon wird ungeduldig.

„Würden Sie das bitte etwas präzisieren, Borden."

Dieser nickt.

„Bei dem fertigen Komplex handelt es sich wirklich um ein Depot, ein Depot für Gefangene. Es ist ein riesiges Gefängnis. Dort werden unter Anderem alle gefangenen Allianzmitglieder, hohe Oppositionspolitiker und Offiziere des Hadon-Imperiums gefangen gehalten. Sie wurden aus den normalen Gefängnissen dorthin transferiert. Der Kaiser hat etwas ganz besonderes mit diesen Leuten vor. Und da kommen wir auch schon zu dem zweiten Gebäude, das sich noch in der Endphase der Fertigstellung befindet. Kaiser Cyclon hat die besten Wissenschaftler und Ärzte lange an einem wichtigen Projekt forschen lassen. Er suchte nach einer physischen, psychischen oder technischen Möglichkeit, Menschen und Andere für immer seinem Willen zu unterwerfen, damit alle, die gegen ihn sind, einer Behandlung unterzogen werden können. Seinen Wissenschaftlern ist es gelungen, mit Hilfe von Implantaten, die den Opfern in die äußere Hirnrinde gepflanzt wurden, Personen unter seine Kontrolle zu bringen. Sie sind dem Kaiser und dem Nekron-Imperium treu ergeben. Sie führen alle Befehle, die ihnen ein Nekron-Offizier oder der Kaiser gibt, ohne zu denken aus. Auch wenn es das Ende des eigenen Lebens bedeuten würde, erfüllen sie alle Wünsche des Kaisers. So treue Ergebene verschafft Ihnen nicht einmal der Hass gegen einen gemeinsamen Feind. In dem Gebäude, von dem wir sprachen, werden diese Implantate bald in Massenproduktion hergestellt. Dorthin werden dann die Gefangenen aus dem Depot gebracht. Ihnen werden dort dann diese Implantate eingepflanzt. Und selbst Leute, die Kaiser Cyclon abgrundtief hassen, werden nun seine treuesten Soldaten. Diese Anlage wird in drei Tagen in Betrieb genommen. Jeder, dem ein Implantat eingepflanzt wurde, ist für immer verloren. Es gibt keine Möglichkeit, die Wirkung der Implantate zu neutralisieren, da es keine zentrale Steuerungseinheit gibt, von der Befehle übermittelt werden müssen, ist alles eingebaut. Und wenn man versucht, die Implantate operativ zu entfernen, würde das den Tod des Patienten bedeuten. Die Implantate haben einen Schutzmechanismus. Wenn man versucht, sie zu entfernen, schießen sie ein kleines Stahlprojektil in das Gehirn des Patienten, und der Tod tritt augenblicklich ein. Bald werden Sie gegen ihre ehemaligen Kameraden kämpfen, Imperator. Und dann ist auch Freundschaft nichts mehr wert."

Borden beginnt trotz seiner Lage zu grinsen.

„Ich will Ihnen noch etwas verraten, Hayden. Kaiser Cyclon hat mir vor einiger Zeit alles über Sie und Ihre wahre Herkunft gesagt. Und er hat mir auch gesagt, dass Ihr Vater nicht als Kampfpilot gestorben ist, sondern seit anderthalb Jahrzehnten in einem imperialen Gefängnis saß. Jetzt befindet auch er sich in dem neuen Spezialgefängnis, in dem die Kandidaten für die Implantierung untergebracht sind. Dann wird Ihr Vater bald auch einer von uns. Das ist dann ein Verlust auf der ganzen Linie, Imperator. Das ist das endgültige Aus für Sie. Auch wenn ich jetzt noch sterben sollte, hatte ich doch meinen letzten Triumph."

Gouverneur Borden beginnt, laut schallend zu lachen. Er lacht mit so großer Schadenfreude, dass Pargon sich nicht mehr zurückhalten kann, und die alten imperialen Gewohnheiten wieder zum Vorschein kommen. Er zieht seine Pistole, zielt auf Borden und drückt ab. Der ehemalige Gouverneur stirbt lachend.

Alle Allianzmitglieder im Raum sind von den Informationen Bordens entsetzt. Keiner hätte auch jemals nur im Traum daran gedacht, dass das Nekron-Imperiums so grausam sein könnte.

San Marenda ist auf ihrem Stuhl zusammen gesunken, die Ellebogen auf dem Tisch, den Kopf auf die Hände gestützt. Sie hatte in den letzten fünfzehn Jahren geglaubt, dass ihr Mann, der Vater ihres wieder gefundenen Sohnes, tot sei. Die Präsidentin hatte mehrere Jahre gebraucht, sich mit diesem Verlust abzufinden. Und nun erfährt sie, dass ihr Mann noch lebt und einem grausamen Schicksal entgegen sieht.

Pargon hebt seine Waffe und steckt sie wieder weg. Er gibt den Wachen den Befehl, den toten Gouverneur wegzubringen. Dann dreht er sich um und geht auf seine Mutter zu. Er legt ihr eine Hand auf die Schulter.

„Mutter, ich werde nicht zulassen, dass Kaiser Cyclon diese Anlagen in Betrieb nimmt. Und ich werde sowohl die Gefangenen befreien, als auch dieses Portal der

Untoten zerstören. Vater ist bald wieder bei Dir. Das schwöre ich."

San Marenda hebt den Kopf und lächelt ihrem Sohn zu. Dann steht sie auf, und spricht, mit Rührung in der Stimme und immer noch einem Lächeln im Gesicht.

„Ich weiß, Pargon. Das wird die größte Aufgabe sein, die wir je zu meistern hatten. Denn dieses Mal haben wir nicht nur ein Ziel, wie damals, sondern gleich drei verschiedene Ziele, die wir auch noch gleichzeitig angreifen müssen."

Dann wendet sie sich an die Offiziere, die sich ebenfalls von ihren Plätzen erhoben haben.

„Rufen Sie sofort alle Geschwader- und Flottenkommandanten zusammen. Sie sollen sich alle bei Beta-Memoran versammeln und uns dort treffen. Sie sollen in ihren persönlichen Fähren kommen. Die Flotten bleiben bis auf weiteres auf ihren aktuellen Positionen."

Dann wendet sie sich wieder ihrem Sohn zu.

„Ach, Pargon, ich habe noch vergessen, Dir etwas zu sagen. Colonel Kale hat die angreifenden Nekron-Truppen auf Guurdine vernichtet, als diese zum Todesstoß für die Kopfgeldjäger ansetzen wollten. Wir haben kaum Verluste erlitten. Aber die Nekromanten wurden völlig vernichtet. Zwei ganze Legionen hat der

Blutkaiser dort verloren. Außerdem noch einen Zerstörer, den unser Geschwader ausschalten musste, um überhaupt Truppen auf Guurdine landen zu können. Colonel Kale bringt die überlebenden Kopfgeldjäger zu unserem Treffpunkt, dass hatte ich vorher schon angeordnet. Wir werden dort eine Konferenz abhalten und entscheiden, wie und mit welchen Ressourcen wir die verschiedenen Ziele angreifen werden. Aber lass uns jetzt gehen und die Anderen informieren. General Torwin wird es uns wohl übel nehmen, wenn er nicht bald erfährt, welchen Erfolg Eure Mission gebracht hat. Commander Leon, Großmeisterin Kaya und Commander Menrette möchten sicherlich auch die Neuigkeiten erfahren, die wir aus Gouverneur Borden herausgebracht haben."

Pargon nickt zustimmend.

„Sicher, Mutter. Ich werde zu ihnen gehen und ihnen alles berichten. Ich bin in einer Stunde wieder auf der Brücke. Bis später."

Pargon verlässt den Verhörraum. Wenig später gehen auch San Marenda und die Offiziere hinaus auf den Gang und zum nächsten Turbolift.

Jetzt heißt es schnell handeln, oder die Allianz und die Freiheit der Galaxis sind verloren. Wenn Blutkaiser Cyclon sie mit seinen treuen Robotern und Legionen von

Untoten überschwemmt, dann kann sie nur noch ein Wunder retten.

Kapitel 24

*I*n seinem Quartier läuft General Torwin, wie ein Tiger im Käfig, auf und ab. Er ist äußerst nervös, weil er noch keine Nachricht vom Verlauf des Verhörs bekommen hat. Er hat schon einige Male auf der Brücke nachgefragt, aber der Dienst habende Offizier hat ihm jedes Mal gesagt, dass auch die Brücke keine Informationen aus dem Zellenblock erhalten hat. Also rennt Torwin weiter wie ein Irrer durch das Zimmer.

Kaya ist im Kinderzimmer ihres kleinen Sohnes, den sie während ihrer Mission bei der Amme gelassen hatte. Als er seine Mutter erkannte, hat der kleine Junge sofort angefangen zu blabbern, glucksen und plappern, wie es kleine Kinder eben machen.

Jetzt spielt Kaya mit ihrem kleinen Sohn, sein Name ist Apollo, zum Gedenken an seinen Großvater, den er nie sah und ihn auch nie sehen wird, höchstens nach dem Tod in einer anderen Dimension.

Denn Großmeister Apollo wurde im Krieg gegen Imperator Jan Hayden getötet. Vielleicht wird der kleine Apollo auch einmal so ein großartiger Pilot wie sein

Großvater und sein Vater, General Torwin. Sein Lieblingsspielzeug sind jedenfalls Raumschiffe und Kreuzer.

Kaya nimmt Apollo jetzt auf den Arm und geht hinaus aus dem bunten Kinderzimmer. Die Großmeisterin geht mit ihrem Sohn auf dem Arm zu Torwin, der immer noch durch die Kabine läuft, als wäre er von einem Höhlengnom gebissen worden.

„Torwin, da will Dir jemand Guten Tag sagen."

Torwin dreht sich um und sieht sofort seinen Sohn. Im gleichen Augenblick hellt sich seine Miene auf und er schließt die Arme um seinen kleinen Sohn.

„Meine Güte, Dich habe ich ja fast ganz vergessen, mein Kleiner. Nun, Apollo, wie geht es uns denn heute? Hast Du uns vermisst? Warst Du auch schön brav?"

Kaya steht daneben und lacht in sich hinein. So alberne Fragen kann auch nur ein Vater stellen. Besonders, wenn der Befragte erst ein paar Worte sprechen kann. Torwin hört allerdings nicht auf, sondern benimmt sich weiter so albern, dass man denken könnte, es mit einem Kind und nicht mit einem Allianzgeneral zu tun zu haben. Ja, man könnte fast denken, er wäre das Kleinkind und Apollo, der weitaus intelligenter guckt, der Erwachsene.

Während Torwin weiter seine Späße macht, summt der Signalton der Kabinentür. Jemand will eintreten. Kaya geht zu ihrer Fernsteuerung und betätigt einen Knopf. Fast im gleichen Augenblick öffnet sich auch schon die Tür.

Vor ihr steht Pargon Hayden, der auch sofort eintritt. Er begrüßt zuerst Kaya, dann Apollo und zuletzt Torwin. Dieser sieht ihn so flehend an, mit einem fragenden Blick, dass Pargon sofort beginnt zu berichten, was beim Verhör vorgefallen ist und was sie erfahren haben. Sie setzen sich alle und lauschen, was Pargon zu erzählen hat. Selbst Apollo ist ausnahmsweise ruhig, als ob er wüsste, wie wichtig die Dinge sind, die Pargon vorträgt.

Pargon erzählt über die Folter und das, was Gouverneur Borden ihnen alles verraten hat. Als er an der Stelle mit seinem Vater angekommen ist, sehen ihn seine Freunde mitleidig an, nur Apollo beginnt wieder freudig zu brabbeln. Nach einigen Sekunden fährt Pargon vor und berichtet auch, dass er Gouverneur Borden auf der Stelle erschossen hat.

Aber bei dieser Geschichte hält er sich nicht lange auf und informiert Torwin und Kaya, was San Marenda, ihre Präsidentin, geplant hat. Er berichtet von dem bevorstehenden Treffen der Befehlshaber der Allianz, und er erzählt auch etwas über das Schicksal der Kopfgeldjäger.

Nachdem er seine Ausführungen beendet hat, sitzen alle drei ruhig auf ihren Plätzen und denken über die Geschehnisse und die neuen bevorstehenden Abenteuer nach.

Währenddessen tönt aus allen Lautsprechern des Kreuzers, auch in der Kabine, eine Meldung.

„Achtung. Achtung. Die *Nymphe* geht jetzt über zur Lichtgeschwindigkeit, um zum Treffpunkt bei Beta-Memoran zu fliegen. Verlassen Sie die Simulatorräume und die Erholungsdecks. Wir gehen in den Hyperraum über nach dem Fünf-Minuten-Countdown. Der Countdown beginnt jetzt. Durchsage, Ende."

Torwin blickt Pargon fragend an. Und dieser klärt ihn auch sofort auf.

„Das ist es, wovon ich eben sprach. Wir brechen sofort zur großen Allianzkonferenz auf. Es dauert nicht lang, dann sind alle Konferenzteilnehmer am Treffpunkt eingetroffen. Die Versammlung wird dann über die Truppenverteilung für den Angriff sprechen und eine Kampfstrategie ausarbeiten. Ihr beide und Leon sollt natürlich auch zu der Konferenz erscheinen. Kayas Einfluss bei den Offizieren der Republik und Deine

Erfahrung in den Bereichen Strategie und Flottentaktik werden uns bei der Planung sehr nützlich sein. Jetzt vergnügt Euch noch etwas mit Eurem Sohn. Wir sehen uns dann in sechs Stunden auf der Konferenz."

Pargon steht auf und gibt Beiden noch die Hand. Er lächelt Apollo auch noch einmal zu und verlässt die Kabine der Freunde.

Als er unterwegs zur Brücke ist, meldet sich noch einmal der Informationsoffizier über die Bordlautsprecher des Kreuzers.

„Achtung. Achtung. Die *Nymphe* tritt jetzt in den Hyperraum ein."

Ein leichtes Rucken geht durch das riesige Schlachtschiff, als es zur Lichtgeschwindigkeit übergeht.

Pargon muss sich nur kurze Zeit an einem Geländer abstützen und kann dann seinen Weg zur Brücke fortsetzen.

Kapitel 25

*F*ünf Stunden später:

Vor Beta-Memoran schweben unzählige Kampffähren im Raum, als die *Nymphe* den Hyperraum verlässt und den Planeten anfliegt. Alle hohen Offiziere der Allianz sind mit bewaffneten Fähren erschienen, um an der großen Alles entscheidenden Konferenz teilzunehmen.

Einige von Ihnen warten schon seit Stunden, Andere sind gerade erst eingetroffen, wie auch das Flaggschiff der Allianzflotte.

Das Geschwader, das bei Guurdine gekämpft hatte, wartet auch schon. Hierher werden in kurzer Zeit auch die restlichen Geschwader der Allianz verlegt werden, um eine Angriffsflotte zu bilden.

Als die *Nymphe* zum Stillstand gekommen ist, setzen sich alle Fähren in Bewegung, um an den Kreuzer anzudocken. Die Lotsen des Kreuzers habe eine Stunde lang zu tun, die Fähren auf ihre Docks und Standplätze einzuweisen. Doch dann ist auch dieses zum Glück geschafft.

Alle Offiziere, die ihre Fähren mittlerweile verlassen haben, haben sich im großen Konferenzraum der *Nymphe* versammelt und diskutieren noch über den Angriff, und was sie der Versammlung nun im Einzelnen mitteilen wollen. Nach einer Viertelstunde stoppt die Diskussion und San Marenda, die Allianzpräsidentin, wendet sich an die versammelten Offiziere.

„Das Nekron-Imperium hat ein Großprojekt vor einigen Monaten in Angriff genommen, als das Hadon-Imperium noch eine Einheit war. Es besteht aus drei Teilen. Einen Planeten, der zu einer Art Raumschiff mit einem Portal der Untoten umgewandelt wird, eine Fabrik zur Herstellung von Implantaten zur Willenskontrolle und ein Gefängnis für gefangene Republiksoldaten und Hadon-Offiziere, Widerständler und Oppositionspolitiker. Die Gefangenen werden in drei Tagen einer Operation unterzogen, die sie willenlos machen soll. Dann wird uns eine riesige Armee aus Ihnen und untoten Kreaturen entgegentreten. Deshalb müssen wir sofort etwas unternehmen, oder wir überleben nicht mehr allzu lange. Kaiser Cyclon hat nach unserem Angriff auf seine Garnison auf Kapinmag sicherlich die Arbeiten an seinen Projekten beschleunigt. Das heißt, dass wir noch schneller handeln müssen. Der Rest unserer Flotte wird hier auch in ungefähr einer Stunde eintreffen. Das habe ich rechtzeitig befehlen lassen. Admiral Gorn wird den Angriff auf den Planeten der Untoten leiten. Es ist eigentlich Wahnsinn, aber wir werden alle drei Ziele gleichzeitig angreifen. Aber wir haben keine andere Wahl. Wenn wir alle Ziele exakt zur gleichen Zeit angreifen, dann haben wir den Überraschungseffekt auf unserer Seite. Imperator Hayden übernimmt den Angriff auf den Fabrikkomplex. Majestät, wer sind Ihre Kampsgruppenführer?"

Pargon antwortet sofort.

„Admiral Orrik für die Flotteneinheiten und General Leismann für die Bodentruppen."

San Marenda nickt zufrieden und spricht weiter.

„Jetzt brauchen wir nur noch jemanden, der die Offensive gegen das Gefangenenlager leitet. Wer übernimmt diesen Angriff?"

Da sich niemand sofort meldet, ergreift Pargon noch einmal das Wort.

„Madam Präsident, ich weiß, dass wir noch höhere Offiziere haben, aber niemanden, der einen solchen Angriff besser führen könnte. Daher schlage ich Commander Leon vor, der sich trotz seiner Verdienste seit Jahren anscheinend gegen eine Beförderung gesperrt hat. Wir sollten ihn so oder so jetzt zum Admiral ernennen und ihm den Befehl über diese Mission geben."

Leon will sofort protestieren, doch sein Protest geht im Applaus und Jubel der anwesenden Offiziere unter. Ein paar Freunde klopfen ihm gratulierend auf die Schulter. Pargon dämpft nach einiger Zeit die Lautstärke im Konferenzsaal mit einer befehlenden Geste. Dann fährt die Präsidentin fort.

„Nun, Admiral Bansheeclaw, wer werden Ihre Kampfgruppenführer sein?"

Leon braucht nicht lange zu überlegen.

„General Torwin und General Carson werden es sein, wenn die Beiden und Sie einverstanden sind."

Die beiden genannten Generale nicken zustimmend. Und San Marenda lächelt.

„Dann ist ja alles geklärt. Colonel Lafayette wird Ihnen gleich allen die Marschbefehle, Flotteneinteilungen und Angriffspläne überreichen. Die Flotte versammelt sich hier in einer Stunde. Der Angriff beginnt in zwei Stunden. Alle Maschinen werden zurzeit schon gewartet. Sowohl hier, als auch auf den Schiffen, die noch unterwegs sind. Viel Glück, meine Damen und Herren."

Kapitel 26

„*W*ann werden wir mit der Implantierung beginnen, Colonel Brody?"

Der neue Blutkaiser, Cyclon, hat gerade eine Konferenz mit seinen Stabsoffizieren auf Kwor, dem imperialen Zentralplaneten, anberaumt.

Seit der Meldung über die Vorkommnisse auf Kapinmag will er alles sehr beschleunigen. Zurzeit diskutiert er mit einem Colonel über die Zeitpläne. Der Colonel berichtet.

„Innerhalb der nächsten zwölf Stunden, mein Kaiser. Aber das ist unser kleinstes Problem. Wir mussten von unseren Projekten einige Flottenteile abziehen, um unsere Patrouillen aufrechterhalten zu können. Ich hoffe, dass die Rebellen nicht erfahren, was für große Verluste sie uns zugefügt haben. Sonst ist ein Angriff sicher, falls sie von unseren Projekten wissen, was ziemlich wahrscheinlich ist."

Cyclon zieht unter seinem Helm ein verächtliches Gesicht.

„Colonel, Sie glauben doch nicht, dass die Rebellen so stark sind? Dass wir diese kleinen Schlachten verloren haben, war reines Glück für die Rebellen. Sie haben uns auf dem falschen Fuß erwischt. Das ist alles, Brody."

Der Colonel hat Furcht im Gesicht.

„Sie haben natürlich Recht, mein Kaiser. Wie lauten Ihre weiteren Befehle?"

Cyclon denkt kurz nach.

„Beschleunigen Sie die Abschlussarbeiten noch mehr. Colonel Denton soll nach Amila fliegen und den Antrieb innerhalb von zwölf Stunden einsatzbereit machen. Ich fliege persönlich zur Fabrik und überwache die Fortschritte."

Danach richtet er sich an seine überlebenden vier Schüler.

„Ihr werdet Euch aufteilen und die verschiedenen Projekte schützen. Num und Verr, Ihr begleitet mich. Mod, Du wirst Colonel Denton nach Amila begleiten, und Du, Adys, fliegst zu unserem Hochsicherheitsgefängnis. Wir müssen gewappnet sein, falls irgendwo Magier oder Druiden auftauchen. Morgen werden wir dann sicher vor ihnen sein. Mit meinem Todesplaneten und meiner neuen Armee aus Untoten und Implantierten kann uns niemand mehr aufhalten, auch nicht Hayden."

Er erhebt sich und deutet seinen Leuten, auf ihre Posten zu gehen.

Dann macht er sich mit zwei seiner Schüler auf den Weg zu seiner Fähre, um zur *Rächer*, seinem Flaggschiff, zu fliegen.

Im Hangar wartet schon seine Totenkopf-Garde, seine Leibwache. In mehreren Fähren fliegen der Blutkaiser, die Garde und der Offiziersstab zur *Rächer*.

Sie schießen über den kaiserlichen Palast hinweg in den Nachthimmel von Kwor, der *Rächer* entgegen, die im All majestätisch über dem Planeten schwebt und auf ihren Herrscher wartet. Die Fähren werden von einigen hundert Jägern begleitet, die den Kaiser vor Angriffen schützen sollen.

Dann gleiten die Fähren in den Hangar, wo der Kaiser wie üblich von mehreren hundert Soldaten ehrfurchtsvoll erwartet wird. Doch anstatt sich nach dem Aussteigen die üblichen Floskeln des Captains anzuhören, schreitet er sofort durch die Reihen seiner Soldaten zur Brücke. Er will so schnell wie möglich aufbrechen, um die Fertigstellung der Fabrik voranzutreiben.

Wenig später schießt das Flagggeschwader des Kaisers in den Hyperraum. Zwei andere Geschwader fliegen in unterschiedliche Richtungen ebenfalls los.

Die Ziele der drei Geschwader sind Amila, Pagan und Borsty, die wichtigsten Planeten des Nekron-Imperiums für die Ziele des Blutkaisers. Bei diesen Planeten ist man vom vorherigen Abzug einiger Truppenteile zu Patrouillenzwecken nicht gerade erbaut. Die zurückgebliebenen Truppen und Schiffe sind in höchste Alarmbereitschaft versetzt, bis die Projekte abgeschlossen sind.

Auf Borsty, wo die Fabrik steht, ist man doppelt besorgt, weil jetzt auch noch der Kaiser persönlich erscheinen wird, um die Arbeiten zu überwachen.

- - -

Sein Flagggeschwader trifft auch bereits eine Stunde nach Abflug auf Borsty ein. Doch hier wird ihm kein großartiger Empfang bereitet, wie er ihn von Kwor gewohnt ist.

Alle, auch die Offiziere, sind so sehr in ihre Arbeit vertieft, dass Kaiser Cyclon nur vom Gouverneur des Planeten begrüßt wird, der auch die Fabrik leitet.

„Majestät, es ist uns eine Ehre, dass Sie zu uns gekommen sind. Allerdings haben Sie einen äußerst schlechten Zeitpunkt erwischt. Wir sind im Endstadium der Arbeiten und können Ihnen daher leider nicht die übliche Aufmerksamkeit bieten. Deshalb auch dieser ungebührende Empfang für Sie, mein Kaiser. Ich hoffe, Sie vergeben uns dies. Aber bitte folgen Sie mir doch, dann zeige ich Ihnen die Anlage. Es dauert nur noch knappe zehn Stunden, dann werden die ersten Gefangenen hier eintreffen. Zu diesem Zeitpunkt ist dann auch unsere Anlage fertig gestellt, und wir können mit der Verpflanzung der Implantate beginnen. Es ist bald geschafft. Und morgen kann Sie niemand mehr aufhalten, mein Kaiser."

Seite an Seite wandern der Gouverneur, der immer wieder einzelne Anlagen erklärt, und Blutkaiser Cyclon, gefolgt von einigen Offizieren und Mitgliedern der Totenkopf-Garde, durch die Fabrik.

Überall sieht man Techniker und Droiden unermüdlich bei der Arbeit, um alles rechtzeitig fertig zu stellen, gerade jetzt, da der Kaiser persönlich anwesend ist.

Cyclon beobachtet alles mit großer Freude. Denn er hat schon wieder teuflische Pläne gesponnen. Wenn nämlich die Anlage in Betrieb ist, wird er Hayden und Bansheeclaw jagen und gefangen nehmen lassen. Dann werden auch ihnen Implantate verpasst. Sie sind danach für ihn dann die besten und stärksten Verbündeten, die er in der Galaxis finden könnte. Und äußerst treue noch dazu.

Bald ist sein Werk komplett. Dann gehört ihm das Universum.

Kapitel 27

*A*uf der *Nymphe* besprechen die Offiziere zum letzten Mal die Angriffspläne, bevor alle zu ihren Kreuzern und Zerstörern aufbrechen, die vor einer Stunde angekommen sind. Präsidentin San Marenda erhält gerade die neusten Agentenmeldungen und verkündet sie den Offizieren.

„Das Nekron-Imperium hat einen Teil seiner Streitkräfte von ihren Projekten abgezogen. Wahrscheinlich um die Lücken zu füllen, die Imperator Haydens treue Truppen und die Verluste von Guurdine hinterlassen haben. Doch es gibt auch unerfreuliche Meldungen. Auf Amila und Pagan befindet sich seit wenigen Minuten jeweils ein Schüler des Blutkaisers. Cyclon selbst, und zwei weitere Schüler, sind gerade auf Borsty angekommen. Das heißt, dass Imperator Hayden mit größeren Problemen bei der Landung rechnen muss. Nicht nur, dass es dort jetzt sicher mehr Truppen gibt, als wir angenommen haben, sondern auch, dass Imperator Hayden persönlich gegen die Leute antreten muss, die sich der Nekromanten-Magie bedienen. Aber dennoch müssen wir unsere Pläne so durchführen, wie wir sie festgelegt haben. In einer halben Stunde wird der Befehl zum Sprung in den Hyperraum gegeben. Dann werden uns auch die Kopfgeldjäger verlassen. Möge die Segnung der Erde und die Kraft der Druiden mit Ihnen sein."

Alle erheben sich von ihren Plätzen und verlassen diskutierend und sich verabschiedend den Saal. Viele von ihnen werden aus dieser Schlacht nicht zurückkehren und sie wissen es.

Um Präsidentin Marenda herum versammeln sich Pargon, Leon, Kaya, Torwin und Gonron. Sie wollen sich noch einmal alle voneinander verabschieden, bevor jeder zu seinem Posten aufbricht. Beim Abschied herrscht reges Umarmen und Glückwünschen. Leon richtet noch ein paar ernste Worte an Pargon.

„Solltest Du mit drei Gegnern nicht fertig werden, dann ruf mich sofort zu Hilfe. Ich komme dann umgehend."

Aber Pargon antwortet ihm verschmitzt lächelnd.

„Werde Du erst einmal selbst mit Cyclons Schüler fertig."

Dann wird er wieder ernst.

„Danke, Leon. Ich hoffe, ich werde Deine Hilfe nicht brauchen. Gute Jagd."

Leon klopft Pargon noch einmal beruhigend auf die Schulter, dann verlassen er und die Freunde auch den Konferenzsaal.

Nur Pargon und San Marenda bleiben in der leeren Halle zurück. San nimmt Pargons Gesicht in ihre Hände und sieht ihn besorgt an.

„Ich habe Dich gerade erst wieder gefunden, mein Sohn, und ich möchte Dich nicht gleich wieder verlieren. Gib auf dich Acht, Pargon. Wenn es scheint, dass Ihr den Kampf verliert, dann zieht Euch zurück. Es ist sinnlos zu sterben, wenn die Niederlage unvermeidlich ist."

Pargon runzelt die Stirn, denn er ist es, der sich Sorgen macht.

„Mutter, mach Dir keine Sorgen um mich. Aber ich mache mir welche um Dich. Willst Du nicht mit auf die *Vendetta* kommen? Das Schiff ist stärker und widerstandsfähiger, als Dein Kreuzer hier."

Er macht eine ausschweifende Bewegung mit den Armen. Doch San Marenda schüttelt nur den Kopf.

„Nein, Pargon. Ich bleibe auf meinem Flaggschiff und bin beim Hauptangriff dabei. Dieser Krieg ist ebenso meine Sache, und wenn es sein muss, dann sterbe ich auch für den Erfolg. Aber ich hoffe nicht, dass es soweit kommt. Jetzt geh, mein Sohn. Ich liebe Dich."

Epilog

Eine halbe Stunde später befinden sich alle Schiffe in ihren Formationen.

Die Flotte ist in drei Teile aufgeteilt. Jeder Teil hat ein eigenes Ziel. Zwei von diesen Teilen voran, schweben die *Vendetta* und die *Nymphe*, die Flaggschiffe des Hadon-Imperiums und der Republik der Druiden.

Alle warten gespannt auf das Signal zum Sprung in den Hyperraum. Zwei Stunden später werden dann die eigentlichen Angriffe gegen das Nekron-Imperium beginnen, und damit hoffentlich auch das endgültige Ende dieses Krieges.

Wenige Sekunden später wird auch schon das Flottensignal gegeben.

Alle Piloten schalten ihre Schiffe auf Lichtgeschwindigkeit um und hinterlassen nur leeren Weltraum, wo soeben noch eine mächtige Flotte im All schwebte.

Fortsetzung folgt in:

Der Drachenorden
Band 3
Das Portal der Untoten
Dem dritten Buch der Nekron-Trilogie
Vorschau

Vorschau

Genießen Sie auf den folgenden Seiten einen
Vorgeschmack auf eine weitere Neuveröffentlichung
von
Kim Marc Alexander Weßeling

Der fliegende Händler –
Aus dem Schatten des Löwen

10. Februar 2974
Hotel „Goldener Löwe"
Baga, Savannah
Kananga Sektor
Serengeti Kombinat

Aus einer schwarzen Schweberlimousine vor dem Hotel, das einer Händlerfamilie aus dem Empire gehörte und deswegen und wegen seines eindeutigen Einrichtungsstils auch überwiegend Reisende aus dem Empire beherbergte, stieg ein uniformierter der SSK aus und betrachtete das Gebäude.

Das Hotel war eindeutig nicht im Stil des Kombinats, wo normalerweise recht eindeutig afrikanische Bauweisen und Verzierungen üblich waren. Stattdessen war es ein rot geklinkerter eckiger Festbau, der nicht die geringste Ähnlichkeit mit den gewohnten Rundbauten hatte, die mit wenigen Ausnahmen das sonstige Bild auf Savannah beherrschten.

Aber gerade deswegen war Oberst Winduku von diesem Gebäude so fasziniert. Er war zwar schon einige Male in dieser Gegend der Stadt gewesen, hatte aber noch nie die Gelegenheit, dieses fremde Gebilde näher zu beobachten.

Außerdem bekam er eigentlich nie die Gelegenheit, den Planeten zu verlassen. Und auch bevor er zum Adjutanten des Gouverneurs aufgestiegen war, hatte er als Angehöriger der SSK nie das Privileg eines Händlers genossen, das eigene Reich zu verlassen und sich die Eigenheiten und

Sehenswürdigkeiten der politischen Nachbarn anzusehen.

Der Flug in ein anderes Reich war den Mitgliedern der SSK nicht gestattet. Die einzige Ausnahme bildeten die wenigen Auserwählten, die als Attachees in den Botschaften und manchen Konsulaten des Kombinats dienten. Bei ihnen handelte es sich aber ausschließlich um Mitglieder adliger Familien.

Und da er selbst aus einer einfachen Bauernfamilie stammte, waren seine Karriere und sein Aufstieg zum Oberst in einer halbwegs wichtigen Position schon als Wunder anzusehen, dass es in der SSK nicht allzu häufig gab.

Oberst Winduku zwang sich schließlich, sich von dem Anblick wegzureißen, um nicht von anderen Besuchern oder dem Personal als staunendes Kleinkind vor einem Süssigkeitenladen da zu stehen. Er straffte seine Gestalt, während er darüber nachdachte, wie fremdartig ihm wohl das Innere erscheinen würde, und setzte sich Richtung Eingangstür in Bewegung.

Winduku schritt auf die Eingangstüren zu und passierte sie mit präzisen militärischen Schritten, als ein Portier eine der Türhälften für ihn aufhielt. Dann bewegte er sich direkt zur Rezeption und versuchte die Innenausstattung des Foyers zu ignorieren. Es sah zwar alles recht fremd für ihn aus, aber einerseits war er enttäuscht. Normalerweise hätte der Oberst durch das Äußere des Gebäudes und die Geschichten, die er von Händlern über das Empire hörte, erwartete, im Innern von Luxus nahezu erschlagen zu werden.

Aber das war gar nicht der Fall. Es war zwar alles in einem sehr fremden Stil gehalten, der einem Europäer oder jemandem aus dem Empire oder der Alliance als recht häuslich und normal erschienen wäre, aber all die Holztäfelungen und gepolsterten Sitzmöbel in der Halle kamen dem Oberst ziemlich dezent vor.

Aber der Oberst hatte einen Auftrag, den er auch zu erfüllen, gedachte und daher ging er direkt zur Rezeption und erkundigte sich nach seinem Gesprächspartner, als ihn die Dame an der Rezeption freundlich anlächelte.

„Ich bin Oberst Winduku. Bitte melden Sie dem Prinzen, dass ich ihn sprechen möchte. Er erwartet mich."

Die Dame hinter der Rezeption behielt ihr Lächeln zwar bei, aber in ihren Augen zeigte sich Verwirrung.

„Den Prinzen? Es tut mir leid, Herr Oberst, aber wir haben keinen Prinzen zu Gast in unserem Haus."

Jetzt war es an Winduku, verwirrt zu sein. Aber er erholte sich rasch.

„Prinz Berger muss hier residieren, das hat er selbst gesagt."

Die Empfangsdame tippte etwas in ihrem Computer ein und blickte dann wieder auf.

„Wir haben einen Kapitän Berger unter unseren Gästen, aber keinen Prinzen."

Jetzt war der Oberst wirklich etwas durcheinander. Da immer noch der Verdacht eines absichtlichen Angriffs auf das Schiff des Prinzen bestand, machte es zwar Sinn, gewisse Sicherheitsvorkehrungen zu treffen, aber so etwas fand er auf einem befreundeten Planeten und dazu noch in einem von eigenen Patrioten geführten Hotel für mehr als übertrieben.

Aber er schüttelte nur den Kopf und schob seine Gedanken beiseite. Sollte der Prinz doch machen, was er für richtig hielt.

„Dann melden Sie mich bitte bei Kapitän Berger an."

* * *

Wenige Minuten später saß der Oberst zusammen mit Kapitän Berger und seinen Offizieren im Wohnzimmer der Suite, die der Kapitän für die Dauer seines Aufenthaltes angemietet hatte. Berger hatte sich für die Suite entschieden, da sie über mehrere Schlafzimmer verfügte und er mehr Zeit mit seinen Offizieren verbringen konnte, um die Situation zu besprechen, während der Rest der Crew, sich um das Schiff und die Reparaturen kümmern konnten. Jetzt warteten alle gespannt, welche Ergebnisse der Untersuchungen ihnen der Oberst der SSK ihnen jetzt mitteilen würde.

In den letzten Tagen hatte Fuldner den Beamten des Gouverneurs die Daten des Gefechts und schließlich auch die Aussagen aller Crewmitglieder übergeben und die Leute des Obersten hatten sich sofort an die Arbeit gemacht und Informationen von allen möglichen Stellen eingeholt.

Und da jetzt der Oberst, der die Untersuchungen geleitet hatte, bei ihnen aufgetaucht war, rechneten alle mit Ergebnissen.

Berger kam auch sofort auf das Thema zu sprechen, ohne sich mit vorherigen Floskeln aufzuhalten.

„Nun, Herr Oberst, was haben ihre Untersuchungen bezüglich des Zwischenfalls ergeben?"

Winduku setzte sich in seinem Sessel gerade hin und antwortete.

„Hoheit, lassen Sie mich bitte zuerst kurz einiges zum Ablauf der Untersuchungen sagen."

Als Alex Berger nickte fuhr er fort.

„Meine Leute haben Ihre Daten analysiert und die Aussagen Ihrer Crew mit den Sensordaten verglichen. Außerdem habe ich mehrere Anfragen bezüglich von Piratenaktivitäten im Oblivion-System an mein Oberkommando gerichtet."

Der Adjutant des Gouverneurs räusperte sich kurz.

„Diese Anfragen bestätigten meine Aussagen vom Abend des Balls. Es gab und gibt keine größeren Piratenaktivitäten mehr in diesem Gebiet, seit unsere Flotte die Gegend gesäubert hat. Das gibt uns nur leider nicht die Sicherheit auszuschließen, dass ein einzelner Pirat sich nicht doch noch in dieses Gebiet wagen würde. Andererseits gab es keinen Funkkontakt ihres Schiffes mit den Angreifern, der uns ein Motiv für einen gezielten Angriff liefern würde. Und die Konfiguration des Schiffes war nicht so ungewöhnlich, um daraus auf seine Herkunft schließen zu lassen."

Jetzt blickte der Oberst etwas betreten nach unten.

„Leider muss ich Ihnen mitteilen, Hoheit, dass wir trotz aller Bemühungen zu keinem eindeutigen Ergebnis kommen konnten. Wir können immer noch keine der beiden Alternativen ausschließen."

Er machte eine kurze Pause und fuhr dann etwas sicherer fort.

„Das Einzige, was uns ansonsten noch verblüfft hat, war das Auftauchen der *Khalid* so kurz nach Ihnen, obwohl sie ebenfalls von der *Desiderios* kamen. Eigentlich liegen ja längere Pausen zwischen den Abflugzeiten von Schiffen in dieselbe Richtung, aber das scheint nach unsere Untersuchung auch nur ein Zufall zu sein."

„Zum Glück", warf Serena Mastersen in den Raum.

„Sonst wären wir nur noch Raumschrott."

Die anderen Mitglieder der Crew stimmten ihr lauthals zu.

Als es wieder etwas ruhiger war, ergriff Berger wieder das Wort, wenn auch etwas niedergeschlagen Angesichts der Nachrichten.

„Auch wenn die Untersuchung nichts ergeben hat, danken wir Ihnen trotzdem, Herr Oberst. Sie haben alles Ihnen mögliche getan. Wir müssen jetzt halt die Augen etwas weiter offen halten, aber wir machen dann wohl weiter wie bisher."

Er holte einmal kurz tief Luft und lächelte den Offizier vor ihm dann an.

„Bitte richten Sie auch dem Gouverneur unseren Dank für seine Mühen aus. Ich würde es selbst tun, aber unser Schiff ist fast flugbereit und wir starten morgen früh."

* * *

Am nächsten Morgen waren alle wieder an Bord der *Errant Vender*. Alex hatte zwar, wie seine Offiziere, nicht allzu viel Schlaf bekommen, da sie nach dem Abschied des Obersten noch viel über die Situation diskutiert hatten, aber er war froh, endlich wieder an Bord seines Schiffes zu sein und ins All aufzubrechen.

Durch das Brückenfenster konnte er das rege Treiben auf der Landfläche rund um alle Schiffe beobachten. Die letzten Ladefahrzeuge, die die Fracht für ihr nächstes Ziel, den Planeten Corvis Minor in der Serpentia Vereinigung, brachten, waren bereits auf dem Weg zum Frachthangar seines Schiffes. Die Arbeiten würden innerhalb kürzester Zeit abgeschlossen sein.

Der *Errant Vender* waren die Schäden der vergangenen Schlacht nicht einmal mehr anzusehen. Die Techs des Reparaturdocks hatten ganze Arbeit geleistet, was aber wahrscheinlich auch der Tatsache zu verdanken war, das Ingenieur Martinez und seine BordTechs die Arbeiter des Docks keine fünf Minuten in Ruhe gelassen hatten.

Jede noch so kleine Verzögerung oder Schlamperei war augenblicklich mit einer der üblichen Schimpfkanonaden Martinez´ bedacht worden. Am Ende waren die Reparaturen dadurch sogar um einen ganzen Tag verkürzt worden, obwohl ganze Bordsysteme und riesige Sektionen der Hüllen-Panzerung ausgetauscht werden mussten. Die längste Zeit hatten aber die abschließenden Arbeiten an den Triebwerken beansprucht. Der

159

Hyperantrieb war zwar im Oblivion-System notdürftig repariert worden, aber die Gefechtsschäden waren so stark gewesen, dass es höchstens noch ein oder zwei weitere Sprünge überstanden hätte.

Daher musste der gesamte Antrieb ausgetauscht werden.

Als Berger vor wenigen Tagen diese Hiobsbotschaft erhalten hatte, war er zum ersten Mal seit langem wieder froh über seine Herkunft und den damit vorhandenen finanziellen Rückhalt, den er besaß. Für manch anderen Handelschiffkapitän hätten die benötigten finanziellen Mittel, die zur Reparatur sämtlicher Schäden an der *Vender* nötig waren, in den Ruin getrieben und zur Aufgabe gezwungen.

Berger hingegen war in der Lage, die Kosten ohne größere Schwierigkeiten zu tragen, auch ohne seiner Crew Gehaltseinbußen zumuten zu müssen. Aber gerade diese Tatsache wäre wieder ein gefundenes Fressen für seine Kritiker unter den Händlern des Reiches gewesen. Bei einigen von ihnen herrschte ein erhebliches Unverständnis darüber, dass ein Adliger, der es nicht nötig hatte und jeden Posten beim Militär oder der Verwaltung beanspruchen konnte, sich in ihre Geschäfte einmischte.

Einerseits warfen sie ihm vor, ihnen mit dem hervorheben seines Status´ die Kunden wegzunehmen und andererseits mache er sich einfach über sie lustig, weil er denke, er könne ohne ihre jahrelange Erfahrung in dem Geschäft mithalten.

Es entsprach zwar der Tatsache, dass die meisten der anderen Handelsschiffkapitäne sich mühsam durch die Ränge zu ihrem Posten hochgearbeitet hatte und damit über erhebliche Erfahrungen verfügten, aber Alex war bis zur Geburt seines Cousins ein Leben lang auf den Thron eines der mächtigsten Reiche vorbereitet worden.

Diese Ausbildung gab ihm auch ein großes Geschick im Umgang mit Handelspartnern. Denn das war eigentlich doch leichter, als sich mit hunderten von Adligen und Bürokraten herumzuschlagen, die nur auf ihren eigenen Vorteil bedacht waren, wie es ihm einmal zugedacht war.

Außerdem hatte er jetzt die Freiheit, sich eine Beschäftigung zu suchen, die ihm Spaß machte. In einem Punkt hatten seine Kritiker Recht, er brauchte sein Geld nicht auf diese Art zu verdienen, aber so hatte er eine Beschäftigung, die er für sich persönlich als sinnvoll ansah. Und ein Leben als Handelschiffkapitän war genau das, vor allem, da er in dieser Rolle nicht auf die zuvorkommende Haltung seiner Gegenüber durch seine glückliche Geburt als Berger hoffen konnte.

Er war damit größtenteils dem höfischen Leben entflohen, das ihm noch nie wirklich angenehm war. Daher war Alex seiner Crew auch mehr als dankbar, dass sie ihn „nur" als Kapitän betrachteten und ihn entsprechend behandelten.

Während er jetzt so als Kapitän an seinem Platz saß und die letzten Arbeiten beobachtete, wurden seine Gedankengänge vom Ersten Offizier unterbrochen.

„Kapitän, der Laderaum meldet, dass die Arbeiten noch eine gute halbe Stunde in Anspruch nehmen werden."

Mit einem Grinsen, das eigentlich eher unüblich war, fuhr er fort.

„Die Startvorbereitungen auf der Brücke sind abgeschlossen. Darf ich daher vorschlagen, dass wir uns die Zeit nehmen, die neuesten Nachrichten anzusehen, um auf dem Laufenden zu sein, es ist gerade die Zeit für UnCom."

Jetzt musste auch Berger grinsen. Fuldner war eigentlich sonst kein Freund dieser Nachrichten gewesen, da sie nicht von den offiziellen Kanälen des Empire stammten, aber anscheinend hatte er mittlerweile auch einen gewissen Hang zu UnCom entwickelt.

Berger hatte noch nicht einmal wirklich genickt, da hatte Ferraud auch schon den Sensorschirm aktiviert und die korrekte Frequenz eingestellt. Denn sofort erschien das UnCom Zeichen und kurz darauf das altbekannte Gesicht Tamara Ivanovas.

Die immer adrette und sehr korrekte Sprecherin der UnCom-Nachrichten sah heute allerdings etwas nervöser und nicht ganz so professionell aus wie sonst. Sie sortierte ziemlich nervös ihre Transplex-Unterlagen, bevor sie dann zu sprechen begann.

Guten Tag meine Damen und Herren. Unser heutiges Programm muss aufgrund aktueller Nachrichten umgestellt werden. Da wir im Anschluss an die Nachrichten eine Sondersendung zu aktuellen Ereignissen bringen werden, entfallen die angekündigten Magazine.

Sie räusperte sich kurz und fuhr augenblicklich fort, noch bevor, wie sonst üblich, Bilder zu den Nachrichten im Hintergrund zu sehen waren.

Kommen wir gleich zu den Geschehnissen, die die Umstellung unseres Programms verursacht haben.

In den Territorien der Oceania-Republik, genauer gesagt in der Stadt Perth und einigen anderen Teilen des australischen Festlands ist es heute zu Ausschreitungen gekommen.

Bei diesen Worten erschienen auch endlich Nachrichtenbilder im Hintergrund der Sendung. Die Brückenbesatzung der *Errant Vender* hielt bei dem, was zu sehen war, augenblicklich den Atem an.

Auf dem Sensorschirm der Brücke konnten alle jetzt Szenen einer Straßenschlacht betrachten, die sich in Perth abspielten. Einfache Bürger bewarfen die ihnen gegenüberstehenden Polizeikräfte der Republik mit Steinen und allem, was ihnen sonst so gerade in die Finger kam.

Die Ordnungskräfte hingegen gingen mit Gummiknüppeln und Wasserwerfern auf die aufgepeitschte Meute los.

Heute Morgen um Acht Uhr hatte all das mit Demonstrationen in mehreren Landesteilen begonnen.

Ivanova musste sich anscheinend zwingen, ihre Stimme emotionslos zu halten.

Die Demonstrationen richteten sich gegen das allgemeine Waffenverbot auf der Erde. Sie warfen der Regierung der Republik vor, sich von den anderen Reichen mit der Beteuerung, niemand dürfe Waffen auf die Erde bringen, einlullen zu lassen und ihre Bürger einem möglichen Aggressor schutzlos auszuliefern. Die Regierung erwiderte daraufhin, dass es sich nunmehr seit Jahrhunderten bewährt hatte, die

Erde zur Waffenfreien Zone zu erklären, und alle Reiche hätten sich daran gehalten.

Selbst die Polizeikräfte aller Reiche tragen auf der Erde keine Schusswaffen.

Ivanova reckte sich.

Was für den heutigen Tag, wie ich anmerken möchte, ein Glücksfall ist. Daher ist noch niemand ernsthaft verletzt worden.

Aber zurück. Die Demonstranten nahmen die Worte der Regierung nicht hin und begannen an mehreren Schauplätzen, die Demonstrationen zu chaotischen Straßenzügen ausarten zu lassen, die schließlich in Straßenschlachten endeten.

In Perth waren die Demonstranten bis zum Amtssitz des Gouverneurs der Oceania-Territorien der Erde marschiert und hatten sogar versucht, den Amtssitz zu stürmen.

Seitdem hat es sich an allen Schauplätzen zu heftigen Kämpfen zwischen den Demonstranten und den Ordnungskräften entwickelt, die mittlerweile sogar Wasserwerfer einsetzen, um die Massen auseinander zu bringen und die Anführer festzunehmen.

Die Bilder hinter Tamara wechselten mittlerweile durch verschieden australische Städte, die aber insgesamt alle die gleichen Bilder zeigten.

Die lokalen Regierungen der Republik haben verlautbaren lassen, dass sie allerdings damit rechnen, die Ordnung in Kürze wieder hergestellt zu haben.

Weitere Einzelheiten und Updates sehen sie in unsere Sondersendung im Anschluss an die weiteren Nachrichten.

Bei diesen Worten lehnte sich Berger zu Fuldner herüber.

„Wir sollten die UnCom-Nachrichten auf jeden Fall jetzt regelmäßig im Auge behalten. Sie wissen ja, dass wir von Corvis Minor zur Erde fliegen. Da möchte ich lieber wissen, ob uns noch mehr Überraschungen dieser Art erwarten."

Der Erste Offizier nickte.

„Werden wir, Kapitän, aber das ist Australien und wir fliegen nach Baku in die Freihandelszone, das ist ja ziemlich weit weg davon."